고양이를 돌보는 시간

백 지 영 소 설

고양이를
돌보는
시간

알렙

차례

언니를 위하여

아직 잠도 덜 깬 새벽이었다. 씩씩대며 들이닥친 사람들은 집 안의 물건들을 모조리 들고 나갔다. 소파며 식탁, 내 보물 1호 노트북도 가져갔다. 이제 얼마 남지 않은 화장품과 화장품을 대신해 빈방에 쌓여 있던 홍삼기와 녹즙기도 들고 나갔다. 마루에 있던 안마의자까지 사라지자 이렇게 넓었었나 싶게 집 안이 휑했다.

남은 건 장롱과 침대, 책상과 텔레비전이 전부였다. 너무 오래돼가져가 봐야 별 쓸모없는 것들뿐이었다.

"니 할머니가 떼어먹고 간 돈에 비하면 아무것도 아니다."

그래서 분이 안 풀린다는 듯 누군가 내 머리를 한 대 쥐어박았다. 맞은 머리가 은근히 아팠지만 주책없이 웃음이 났다. 할머니라니. 문 여사가 들었으면 또 며칠 머리를 싸매고 앓아누웠을 게 뻔했다.

"니 할머니한테 전해라. 빨리 나타나 해결하지 않으면 콩밥 먹을 각오를 해야 할 거라고."

그렇게 문 여사를 꼬박꼬박 할머니라 부르던 사람들이 빠져나가자 집 안은 다시 조용해졌다. 조금 전 사달이 꿈이었나 착각이 들 정도였다. 나는 살림살이가 모래처럼 빠져나간 집 안을 넋 놓고 바라봤다. 그러지 않으려는데도 자꾸 눈물이 났다. 왜 하필 문 여사는 이때 사라진 걸까. 용돈 받는 날이 다 돼 돈도 떨어졌는데 말이다. 며칠 후엔 정우와 익스트림 경기도 보러 가기로 했는데, 데이트 비용이야 물론 분담해야겠지만 어쩌면 내가 다 내게 될지도 모른다. 아무리 그래도 중딩에게 돈을 내라고 할 순 없으니까.

얼른 눈물을 훔치고 엉덩이를 털며 일어났다. 생각해 보니 이렇게 눈물이나 짜고 있을 때가 아니었다. 우선 싱크대며 장롱, 책상과 침대 밑 집 안 이곳저곳을 뒤졌다. 화분 밑과 서랍 속, 장판도 샅샅이 들춰 봤다. 그런데 내 방 침대 밑 장판 속에 손을 넣었을 때였다. 손끝에 뭔가 걸리는 느낌이었다. 손가락에 힘을 줘 천천히 잡히는 것을 당겨 봤다. 먼지와 함께 나온 건 예상대로 통장이었다. 그저 말로만 들었는데, 문 여사가 비상시에 쓰라며 만들어 놓은 내 통장이 한 푼도 손대지 않은 채 고스란히 남아 있었다.

그런데 아무리 생각해도 이상했다. 사람들 말론 문 여사가 사라진 게 돈 때문이라고 했는데 말이다. 그것도 빚이 자그마치 2억이라니. 그런데 가져가도 모를 내 통장엔 손도 안 댄 것이다.

그녀를 마지막으로 본 게 언제였을까. 그날도 나는 어떡하면 정우를 한 번이라도 더 볼까 궁리하다 늦게야 집으로 돌아왔다. 단짝인 해리도 그런 내게 미쳤다고 했다. 하지만 어쩔 수 없다. 아무리 어리다고 운명을 나 몰라라 할 순 없으니까. 방문을 여니 문 여사는 어김없이 얼굴에 팩을 하고 있었다. 어디 또 다녀올 데가 있는 모양이었다.

그런데 다음 날 돌아오니 문 여사가 보이지 않았다. 그 시간이면 늘 팔을 베고 누워 연속극을 보던 그녀였는데 말이다. 어딘가에서 할머니들끼리 모여 고스톱이라도 치는 걸까. 그런 날이면 그들은 가끔 문 여사를 찾았다. 할머니들의 부름에 그녀는 늘 불평 없이 가방을 챙겨 들고 나갔다. 가방엔 화장품과 팩 재료, 마사지에 필요한 도구들이 들어 있었다. 모두 문 여사가 무엇보다 소중히 여기는 것들이었다. 그렇게 나간 문 여사는 할머니들의 얼굴에 정성 들여 팩을 바르고 마사지를 했다. 마사지 솜씨 덕분에 문 여사는 할머니들 사이에 인기가 좋았다.

하지만 처음부터 그랬던 건 아니었다. 나도 몇 번 문 여사를 따라 노인정에 간 적이 있었다. 담임이 할머니들 심부름하는 것도 자원봉사로 인정해 준다고 했기 때문이었다. 할머니들은 얼굴에 뭔가를 바르고 꼼짝없이 누워 있는 걸 힘들어했다. 어떤 이들은 얼굴 만지는 것 자체를 싫어하기도 했다. 그 마음은 이해할 수 있을 것 같았다. 나라도 늙고 쪼글쪼글한 얼굴을 남에게 맡기는 짓은 하고 싶지 않을 테니까. 하지만 한번 마사지의 효과를 보자, 이제 너나없이 문 여사를 찾았다. 할머니들은 의외로 마사지 받을 일이 많은 것 같았다. 칠순이나 팔순 잔치에, 또는 손자며느리나 사윗감을 선보는 날에도 마사지는 꼭 필요한 일이었다.

문 여사가 집에 없는 걸 확인한 나는 얼른 라면을 끓였다. 오랜만에 맛보는 라면은 더없이 맛이 좋았다. 이렇게 맛있는 걸 왜 못먹게 하는 걸까. 내가 라면을 냄비째 먹는 걸 보면 문 여사는 또 한바탕 잔소리를 늘어놓을지도 몰랐다.

"몸매 관리는 어려서부터 해야 한다고 했잖니!"

그래서 문 여사가 있다면 저녁에 라면을 먹는 건 상상도 할 수 없는 일이었다. 인스턴트 식품은 저녁뿐만 아니라 언제나 금기였다. 그녀가 돌아오기 전에 흔적을 남기지 않기 위해선 설거지까지 모두 끝내야 했다.

라면에 밥까지 말아 먹고 나니 나도 모르게 잠이 든 모양이었다. 눈을 떴을 땐 이미 아침 해가 밝아 있었다. 하지만 문 여사는 역시 보이지 않았다. 집에 들어왔던 흔적도 없었다. 무슨 일일까 궁금했지만 서둘러 학교에 가지 않으면 안 되었다. 문 여사가 들어오지 않은 것도 모르고 늦잠을 자고 말았다. 아침엔 늘 그녀의 인기척에 잠을 깨곤 했는데, 지각을 하지 않기 위해 세수도 못 한 채 서둘러 집을 나서야 했다.

문 여사는 그 다음 날도 오지 않았다. 그 다음 날도. 핸드폰도 꺼져 있었다. 처음엔 그저 할머니들끼리 어디 온천에라도 간 거겠지 했다. 그녀는 전에도 몇 번 온천에 다녀온 적이 있었다. 아니 온천뿐이 아니었다. 단풍놀이도 갔고 꽃구경도 갔었다. 처음엔 내키지 않는 것 같더니, 어느 날 학교에서 돌아오는 나를 다짜고짜 방으로 끌고 갔다. 그러곤 미간을 찌푸리며 속삭였다.

"무슨 옷이 좋을까?"

나는 방바닥에 흐트러져 있는 옷들 중 몇 개를 골라 잠시 고민하는 표정을 지었다. 이미 마음을 정했지만 고민하는 척이라도 해야 할 것 같았다. 문 여사가 옷을 고를 때, 가장 중요하게 생각하는 건 무엇보다 좀 더 젊어 보이는 것이었다. 안 그래도 젊어 보이는 그녀는 코디에 따라 언뜻 사십 대 후반으로 보일 때도 있었다. 나는 연노랑 블라우스와 오렌지색 카디건을 코디해 주었다. 청바지까지 받쳐 입으면 사십 대는 아니라도 오십 대로는 보일 것 같았다. 문 여사는 거울에 서서 내가 고른 옷을 이리저리 몸에 대봤다.

그녀도 마음에 들었는지 곧 흡족한 표정이 됐다.

나이답지 않게 그녀는 아직도 굴곡 있는 몸매와 탄력 있는 피부를 갖고 있었다. 평생 남편 병수발로 늙었다고 했는데, 어찌 된 일인지 그녀는 고생 한번 해보지 않은 사람처럼 젊어 보였다. 누구도 그녀를 나이대로 보는 사람이 없었다. 원래 타고난 동안인 데다 아이를 낳지 않아서인지 아이들과 씨름하며 늙은 여자들과는 확연히 달랐다. 무엇보다 그녀를 젊어 보이게 하는 건 화장술이었다. 그녀는 젊었을 때부터 얼굴 가꾸는 일에 신경을 많이 써온 것 같았다. 그녀도 얼굴엔 자신 있었던 모양이었다. 남편이 세상을 떠난 후 그녀는 가장 먼저 화장품 회사를 찾아갔다. 회사에서 그녀는 전례 없는 환영을 받았다. 나이 제한의 관례도 무시한 채 그 자리에서 판매원으로 특채가 됐다. 회사에서 얼마간의 교육을 받고 난 후에 곧 화장품 방문 판매를 시작했다. 다년간의 노하우와 얼마간의 체계적인 교육이 더해지자 즉시 효과가 나타났다. 그녀의 화장 솜씨는 어느 유명 메이크업 아티스트 못지않았다.

그녀의 화장을 돋보이게 하는 건 역시 철저한 피부 관리 때문이었다. 그녀는 언제나 신선한 재료를 써서 팩을 했다. 과일과 채소는 물론, 해조류와 한약재까지 동원됐다. 그렇게 팩을 하고 나선 늘 마사지를 했다. 그녀는 어디를 잘 짚어 줘야 주름 예방에 효과적인지, 또 얼마큼 강도를 조절해야 얼굴 윤곽이 살아나는지 잘 알

왔다. 일주일에 두세 번 하는 그녀의 피부 관리는 시간이 많이 소비되는 일이었다. 하지만 그렇게 관리를 하고 나면 그녀의 얼굴엔 늘 빛이 났다. 평소에는 물론 외출을 할 때면 며칠 전부터 따로 관리를 시작했다.

처음 학교에 오기 전날에도 정성 들여 팩을 했다. 그러곤 또 무슨 옷을 입을까 고민하는 것 같았다. 마음에 드는 옷을 고른 그녀는 거울 앞에 서서 물었다.

"나 늙어 보이진 않지? 네 엄마라고 하면 믿을까?"

얼떨결에 나는 그만 고개를 끄덕이고 말았다. 그러자 그녀의 입가엔 곧 웃음이 번졌다.

엄마가 떠나고 먼 친척뻘 되는 문 여사에게 나를 데려간 건 그때까지 우리 모녀를 돌봐 주던 이모할머니였다. 내가 집 안에 들어가자 무슨 일인지 몰라 그녀는 꽤나 당황한 것 같았다. 하지만 당황한 건 나도 마찬가지였다. 이모할머니가 그녀에 대해 귀에 못이 박이도록 말했었기 때문이었다. 할머니의 고향에선 모르는 사람이 없을 정도로 멋쟁이였다고 했다. 당시 시골에선 드물게 중학교까지 나와 남자들의 선망의 대상이었다고. 말로는 부족하다고 생각했는지 할머니는 오래된 앨범에서 그녀의 사진 한 장을 꺼내 보여 주었다. 사진 속 그녀는 커다란 챙모자를 쓰고 한쪽 손을 허리에 올리고 있었다. 바닷가를 배경으로 포즈를 취한 모습이 언뜻 옛날 여배우 같았다.

"시집이야 잘 갔지. 그냥 동네 사람들이 죄다 부러워서 구경도 하고, 그런데 가자마자 남편이 쓰러졌지 뭐냐. 다들 끝까지 못 살 줄 알았는데. 선을 본 혼인이라 정도 없었을 텐데 그 오랜 세월을 어떻게 견뎠을까 몰라……."

할머니는 정말 이해할 수 없다는 듯 고개를 몇 번인가 갸우뚱거렸다. 그런 사정이야 내가 알 바 아니고, 아무튼 사진 속의 모습이 워낙 인상 깊었던 탓일까. 오래전 사진이라는 생각은 않고, 나는 젊었을 적 그녀의 모습만을 떠올리고 있었다. 촌수로 따지면 육촌 언니쯤 된다고 해서 정말 언니라고 불러도 되는 사람인 줄 알았다. 그런데 나이를 보니 이건 할머니도 완전 상할머니뻘이 아닌가. 하지만 내 속도 모르고 이모할머니는 말했다.

"아무리 생각해도 니가 애를 맡는 게 좋겠다. 내가 맡고 싶지만 나는 이제 늙어서……. 너도 이제 혼자니 외롭고 적적할 거 아니냐. 그런데 너는 어쩜 이렇게 하나도 안 늙었니? 애 엄마라고 해도 믿겠다."

조금 전까지 당황해 어쩔 줄 모르던 문 여사의 얼굴이 갑자기 환해졌다. 그제야 나를 데려간 할머니도 안심한 것 같았다. 할머니가 떠나고 둘만 남았을 때였다.

"이제 내가 니 엄마야!"

기쁜 표정으로 내 손을 덥석 잡은 그녀와는 달리 나는 잡힌 손을 뿌리치고 도망치고 싶었다. 나이를 분간하기 힘든 얼굴과 잔주름과 퍼런 핏줄이 퉁그러진 손은 같은 사람의 것이라곤 믿기지 않게 부조화스럽기 짝이 없었다. 게다가 하얗게 분을 바른 얼굴과는 어울리지 않는 누런 이와 양쪽 입꼬리 끝에서 빛나는 싯누런 금니까지. 왠지 등골이 오싹했다.

하지만 그녀는 철저히 내 엄마가 되기로 작정한 것 같았다. 핑크빛으로 방을 꾸며 주고 예쁜 속옷도 사왔다. 새로 사온 잠옷 역시 레이스가 달려 있었다. 침대 위엔 커다란 곰 인형도 있었다. 물론 내 취향은 아니었다. 곰 인형이라니. 잠결에 머리 큰 곰과 눈이라도 마주치면 늘 가위에 눌려 남은 잠을 설쳐야 했다.

그녀는 먹는 것에도 신경을 많이 썼다. 여러 가지 영양소를 생각해 식단을 짰고 그러면서도 살이 찌지 않게 고려했다.

학교에 온 그녀는 여러 엄마들 틈에 섞여 교실로 들어섰다. 이른바 엄마와 함께하는 요리 수업이었다. 그녀는 열심히 샌드위치를 만들었다. 취향에 따라 개성 있는 샌드위치를 만드는 게 수업의 목표였다. 선생님들과 교장 선생님을 초대해 음식을 먹으며 담소를 나누는 시간도 마련돼 있었다.

문 여사가 준비한 재료는 닭가슴살과 토마토, 모차렐라 치즈였다. 칼로리가 적어 여학생들이 먹기엔 좋을 거라며 고심 끝에 준비한 재료였다. 예상대로 샌드위치는 맛이 좋았다. 게다가 칼로리까지 적다니 인기가 많아 금방 동이 났다. 그런데 문제는 선생님들과 엄마들이 담소를 나누기 위해 둘러앉았을 때였다. 그중엔 엄마가 직장에 다니거나 일이 있어, 대신 온 할머니들도 있었다. 그들은 할머니임을 밝히며 미안해하거나 수줍어했다. 드디어 문 여사가 자리에서 일어났다. 왜일까. 순간 알 수 없는 불안감이 끼쳐 들었다. 나도 모르게 얼른 두 손을 모았다. 하지만 자리에서 일어선 그녀는 일말의 망설임도 없었다.

"저 희연이 엄마예요……."

갑자기 교실이 술렁거렸다. 선생님과 엄마들은 물론 아이들까지도 휘둥그런 눈으로 나를 바라봤다. 시간이 지나자 사람들 틈에서 키득거리는 소리도 들렸다. 나는 그만 두 눈을 꼭 감고 말았다.

물론 그녀는 나이보다 젊어 보였다. 하지만 젊은 엄마들 틈에 있으니 역시 나이는 어쩌지 못했다. 하지만 사람들의 반응을 예상치 못했을까. 감았던 눈을 떴을 때 그녀는 벌겋게 달아오른 얼굴을 잔뜩 찌푸리고 있었다. 마치 찌그러진 콜라 깡통 같았다.

학교에서 돌아온 후 그녀는 방에 들어앉아 꼼짝하지 않았다. 며칠 후 겨우 밖으로 나온 그녀는 비장한 표정으로 말했다.

"이사를 가야겠다."

이사라니. 집은 이제 낡을 대로 낡아 있었다. 그래도 시집와

40년 넘게 산 집이라고 했다. 게다가 평생 남편의 병수발로 늙은 문 여사의 사연이 알려지며 집안 내에선 마치 사랑의 성지처럼 여겨지는 곳이기도 했다. 하지만 그녀가 이사를 가겠다는 이유는 간단했다.

"엄마 노릇 하기로 했으면 제대로 해야지."

살던 동네에선 아는 사람이 많아 엄마 노릇을 제대로 할 수 없다는 것이다. 학군이 좋은 곳으로 이사를 결정한 것도 나 때문이었다. 처음 그녀는 드라마에서 종종 촬영 장소로 애용되는 주택 단지의 집들을 알아봤다. 빨강머리 앤이 쓰던 다락방 같은 방을 내게 만들어 주고 싶은 것 같았다. 하지만 이미 낡은 집을 판 돈으로 동화 속에 나오는 집을 사는 건 역부족이었다. 어쩔 수 없이 우리는 작은 연립으로 이사를 하지 않으면 안 되었다.

이사를 온 후 그녀는 갖고 있던 화장품 샘플들을 잔뜩 싸들곤 어디론가 나갔다. 동네 여자들에게 나눠 줄 모양이었다. 샘플을 나눠 주는 건 그녀의 영업 노하우였다. 샘플을 나눠 주곤 화장품에 관심을 보이는 사람에겐 마사지를 해줬다. 그녀에게 마사지를 받은 여자들은 늘 기쁘게 화장품을 사곤 했다.

문 여사는 전에 살던 동네에서 젊은 여자들에게도 꽤 인기가 있었다. 샘플도 넉넉히 챙겨 주고 좋은 솜씨로 마사지도 해주기 때문이었다. 부잣집 사모님들이 쓰는 화장품이라는 입소문도 인기에 한몫했다. 하지만 명품의 고가 화장품이 넘쳐나는 세상이었다. 그러니 영세 업체가 고급 이미지를 유지하기엔 한계가 있었다. 결국 얼마 안 가 회사가 부도나고 말았다. 특채까지 돼 판매의 여왕 자리에까지 올랐던 그녀는 안타깝게도 회사를 그만두지 않으면 안되었다. 하지만 문 여사는 계속 화장품을 팔 모양이었다. 창고로 쓰는 방 안엔 화장품 박스가 가득했기 때문이었다. 그녀가 퇴직금 대신 받은 것이었다. 그것을 처리하기 위해서라도 문 여사는 계속 샘플을 들고 발품을 팔아야 했다.

문 여사는 우선 근처 아파트 단지 내의 부녀회로 찾아갔다. 콧노래까지 흥얼거리며 나가더니, 돌아온 그녀는 잔뜩 화가 난 얼굴로 한동안 씩씩거렸다. 말하지 않아도 무슨 일인지 알 것 같았다. 부녀회를 찾아간 그녀는 화장품 샘플을 나눠 줬을 것이다. 그러곤 관심을 보이는 사람에게 마사지를 해주는 것이 순서였으니까. 하지만 이미 부도난 회사의 제품을 젊은 부인들이 환영할 리 없었다. 사람들의 냉담한 반응에 문 여사는 당황했던 것이 틀림없었다. 화장품은 곧 그녀의 자존심과도 같았으니까. 화장품에 의심의 눈초리를 보내는 사람들에게 그녀는 언제나 이렇게 말했다.

"내가 몇 살로 보여요? 내 나이가 일흔이 넘었어. 그런데 그렇게 안 보이죠? 그게 다 가꿔서 그런 거라니까."

그러면 사람들은 일제히 문 여사의 얼굴을 뚫어져라 바라봤다.

흔히 있는 일이었다. 그녀가 나이를 말하면 사람들은 늘 놀라워했다. 존경스러워하는 눈빛이 되기도 했다. 그녀가 일흔이라니. 매일 얼굴을 보는 나도 믿기지 않았다. 하지만 집에 돌아온 문 여사는 이불을 뒤집어쓰고 누웠다. 한동안 꼼짝 않더니 갑자기 이불을 걷어차며 벌떡 일어나 소리쳤다.

"나보고 노인정에나 가보라니!"

그녀의 자존심과도 같은 화장품의 이미지는 안타깝게도 부잣집 사모님이 아닌 그렇게 노인 전용으로 바뀌고 만 모양이었다.

문 여사는 다시 이사를 갈까 심각하게 고민하는 것 같았다. 괜히 동네가 안 좋다는 둥 수맥이 흐르는지 삭신이 쑤신다는 둥 집에 트집을 잡았다. 정말 이사를 가면 어쩌나 하루하루 가슴이 조마조마했다. 문 여사는 새로운 환경에 적응하지 못해 힘들어했지만 나는 새로 다니기 시작한 학원에서 드디어 내 운명을 만났다. 학원 입구에서 정우를 본 순간, 정말이지 숨이 막히는 줄 알았다. 첫눈에 반한다는 게 이런 거구나. 키도 크고 얼굴도 잘생기고. 그래서 나는 분명 그 애도 고딩일 거라 생각했다. 그런데 그 애가 중학 종합반 강의실로 들어가는 것이 아닌가. 나는 눈앞에서 벌어진 현실이 믿기지 않아 한참을 복도에 서 있어야 했다. 이 무슨 운명의 장난일까. 이 나이까지 누구에게 마음 줘본 일 없는 나였다. 같은 고딩들도 유치해 눈길 한 번 주지 않는데, 처음 마음을 뺏긴 애가 나보다 세 살이나 어린 중학생이라니.

처음엔 마음을 돌려 보려고도 해봤다. 하지만 내 마음이라고 내 뜻대로 되는 게 아니었다. 아무래도 집안 내력인 모양이었다. 엄마도 여섯 살이나 어린 남자와 살겠다며 자식까지 버리고 떠났으니 말이다. 죽었다 깨도 이해 못 할 것 같았는데, 그런 엄마까지 단숨에 이해되려 했다. 그래서 고심 끝에 운명을 받아들이기로 했다. 엄마같이 여섯 살이나 어린 남자와 사는 여자도 있는데, 세 살쯤이야. 하지만 안타깝게도 정우는 내가 운명으로 느껴지지 않는 모양이었다. 다가가 말이라도 걸면 은근히 다른 아이들의 눈치를 보며 자리를 피했다. 하지만 나는 정성을 다했다. 책상에 먹을 것도 놓고, 편지도 보냈다. 그 정성이 통한 걸까. 어느 날 드디어 정우가 먼저 내게 말을 걸었다. 그렇게 겨우 말을 트기 시작했는데 이사라니.

하지만 다행히 문 여사는 이사 얘기를 더 이상 하지 않았다. 대신 그녀는 일어나 다시 문을 박차고 나갔다. 뭔가 또 결심을 한 모양이었다.

저녁 늦게 돌아온 그녀는 뜻밖에도 에어로빅 학원 등록증을 내밀었다.

"일단 젊은 여자들과 어울리는 게 중요해."

하긴 그녀는 얼굴뿐 아니라 몸매 관리도 철저했다. 인스턴트는 물론 밀가루가 들어간 음식도 되도록 먹지 않았다. 아이도 낳지 않은 그녀의 몸은 역시 또래의 할머니들과는 비교되지 않았다.

왠지 꼼짝 않는다 싶어 방문을 열었을 때였다. 문 여사가 거울 앞에서 요리조리 몸을 비틀며 서 있었다. 몸에 딱 붙는 타이즈 차림이었다. 백화점에 다녀온 것 같더니 윤기가 좔좔 흐르는 것이 한눈에도 꽤 비싸 보였다. 그녀의 굴곡진 몸매도 더 돋보이는 것 같았다. 나를 보자 그녀는 뭐라고 말하려는 것 같았다. 하지만 나는 그녀가 묻기도 전에 얼른 엄지손가락을 치켜들었다. 그녀 역시 거울에 비친 자신의 모습에 만족한 듯 보였다.

그녀는 열심히 학원에 다녔다. 얼마나 열심인지 집에 돌아오면 늘 연속극도 보지 못한 채 녹초가 돼 잠들어 있었다. 가끔은 앓는 소리도 들렸다. 머지않아 온몸에 파스가 붙고 시간이 지나자 다리를 저는 것도 같았다. 하지만 그녀는 학원에 한 번도 빠지지 않았다. 그렇게 해서라도 화장품을 팔아야 하는 걸까. 녹초가 돼 잠든 얼굴을 보면 마음이 짠해지기까지 했다.

하지만 문 여사는 어느 날부터 학원에 나가지 못하고 대신 병원으로 가야 했다. 의사는 너무 무리해 관절에 이상이 생겼다고 했다. 나이가 있으니 더 이상 무리하면 다리를 못 쓰게 될지도 모른다며 엄포를 놨다. 결국 그녀는 에어로빅을 그만두지 않으면 안 되었다. 화장품도 다 팔지 못한 채였다.

문 여사는 무리가 간 관절을 치료하는 데 많은 시간을 보내야 했다. 물리치료는 물론 한방병원을 들락거리며 오랫동안 침을 맞았다. 치료를 마치자 다행히 생활하는 데 별 지장은 없었다. 하지만 앓고 일어난 때문일까. 그녀는 전에 없이 나이가 들어 보였다. 그건 그녀도 느끼는 모양이었다. 늦게까지 불이 켜져 들여다보면 가만히 앉아 거울만 뚫어져라 보고 있었다. 가끔은 소리 죽여 우는 소리도 들렸다.

오랜만에 그녀는 다시 외출 준비를 시작했다. 수수한 원피스 차림이 전과는 좀 다른 분위기였다. 관절에 더 이상 무리를 주지 않기 위함일까. 가진 것 중 가장 굽이 낮은 구두도 꺼내 신었다. 하지만 여전히 그녀의 가방엔 화장품과 샘플과 마사지 도구들이 들어 있었다.

밤 늦게 돌아온 그녀는 기운이 하나도 없어 보였다. 또 허탕을 친 모양이었다. 나는 달려가 얼른 가방을 받았다. 항상 무거웠던 가방이 어쩐지 가붓했다. 지퍼를 열어보니 가방 안이 텅 비어 있었다. 왜일까. 화장품을 다 팔고도 그녀는 기분이 좋아 보이지 않았다. 한동안 힘없이 앉아 우거지상을 하고 있더니 뜬금없이 자신의 몸에서 무슨 냄새가 나지 않느냐고 물었다. 아무 냄새도 안 난다고 말했지만 그녀는 욕실로 들어가 오랫동안 나오지 않았다. 그날 그녀가 간 곳이 노인정이라는 걸 안 건 한참 후의 일이었다.

판매 대상을 노인으로 바꾼 건 성공이었다. 노인정으로 찾아간 문 여사는 정성껏 마사지를 하고 화장품을 선전했다. 또래의 문 여사가 훨씬 젊어 보이자 할머니들은 화장품에 무한한 신뢰를 보였다. 마치 그것을 젊음의 묘약으로 여기는 것 같았다. 나갈 땐 화장품이 가득했던 가방이 돌아올 땐 늘 텅 비어 있었다. 한번 입소문을 타자 다른 노인정에서도 문 여사를 찾았다.

"노인네들이 한번 맛을 보더니 이제 길들여져서 말이야."

문 여사가 온천이나 꽃놀이를 따라다니기 시작한 것도 화장품 때문이었다. 여러 동네 사람들이 모이는 여행은 더없이 좋은 판매 기회였다. 그녀는 가는 곳마다 인기가 좋았다. 노인들은 자신들도 조만간 문 여사처럼 젊어 보일 거라 기대하는 것 같았다.

처음엔 녹초가 돼서 돌아오더니, 노인정에 다니기 시작한 후 문 여사는 어느 때보다 편안해 보였다. 옷은 점점 수수해졌고 화장도 옅어졌다. 그래도 다른 할머니들에 비해 젊어 보이니 굳이 외모에 신경 쓸 필요가 없었다.

그런데 화장품이 줄어들던 창고 방에 어느 날부터 잡다한 물건들이 대신 쌓이기 시작했다. 홍삼기와 녹즙기, 이온기와 연수기 등이었다. 효능을 알 수 없는 여러 가지 건강식품들도 있었다. 문 여사는 그것들을 쌓아놓을 뿐 쓰거나 먹진 않았다. 하나같이 필요 없는 것들뿐이기 때문이었다.

그런 물건들은 대체 어디서 가져오는 걸까. 해리 말이 할머니들을 대상으로 물건을 파는 곳이 있다고 했다. 자기네 할머니도 이것저것 쓸모없는 것들을 사들여 여간 골칫거리가 아니라며 말끝에 어깨가 들썩이도록 한숨을 쉬었다. 젊은 여자들과 어울리기 위해 에어로빅을 했듯 그것도 할머니들에게 화장품을 팔기 위한 영업 수단인 모양이었다.

그런데 어느 날이었다. 그날도 나는 정우의 책상에 빵과 우유, 초콜릿까지 놓고 나온 참이었다. 저녁을 먹고 다시 학원 수업을 받아야 하는데 그러고 나니 정작 내 간식을 살 돈이 없었다. 돈이 없어서인지 다른 날보다 더 배가 고팠다. 해리도 오지 않아 돈을 빌릴 만한 아이도 없었다. 혹시 아는 애들이라도 지나갈까 싶어 밖에 나와 서성이는데, 거짓말처럼 길 건너에 문 여사가 보였다. 나는 재빨리 횡단보도를 건넜다. 하지만 내가 부르기도 전에 문 여사는 길옆의 건물로 들어가 버렸다. 그냥 갈까 잠시 고민하다 나도 건물 안으로 들어갔다. 그냥 돌아가기엔 배가 너무 고팠다.

바로 따라 들어갔는데도 문 여사는 보이지 않았다. 이리저리 두리번거리는데 할머니들 몇이 위층으로 올라가는 것이 보였다. 나도 그들을 따라 계단을 올랐다. 한 층을 올라가니 커다란 쇠문이 보였다. 보자마자 저기다 싶었다. 느슨하게 맞물려 있는 문 사이로 음악 소리가 새나오고 있었다. 내가 문 앞에서 망설이는 동안에도 할머니들 몇이 더 안으로 들어갔다. 마음을 정한 나는 닫힌 쇠문을 빼꼼히 열었다. 동시에 어렴풋이 들리던 음악 소리가 온몸으로 혹 달려들었다.

원래 뭐 하는 곳이었을까. 분명 사무실로 썼을 것 같은 큰 방 하나에 할머니들이 의자도 없이 바닥에 줄을 맞춰 앉아 있었다. 그렇게 앉은 채로 할머니들은 음악에 맞춰 춤을 추고 있었다. 팔만으로 하는 것이어서 춤이라기보다는 율동에 가까웠다. 할머니들에게 율동을 가르치는 건 앞에 나와 있는 몇 명의 남자들이었다. 이십 대나 삼십 대 초반 같기도 했다. 하나같이 멀끔하게 생긴 얼굴이었다. 그들은 잘생긴 얼굴에 웃음까지 생글거리며 마치 유치원에서나 가르칠 법한 단조로운 동작을 음악에 맞춰 반복했다. 줄 맞춰 앉은 할머니들은 남자들을 열심히 따라했다. 얼굴엔 모두 행복한 웃음이 가득했다. 무슨 노래 교실이라도 생긴 걸까. 나는 거기 왜서 있는지도 잊은 채 한동안 눈앞의 광경을 넋 놓고 바라봤다.

그런데 시간이 얼마나 지났을까. 갑자기 음악이 끊겼다. 그때까지 방 안에 흐르던 말랑하고 유쾌한 공기도 순간 사라졌다. 아까까지도 천진한 표정으로 율동을 가르치던 남자들의 얼굴엔 어느새 웃음기가 걷혀 있었다. 갑작스레 돌변한 표정에선 비장함마저 느껴졌다. 그건 앉아 있는 할머니들도 마찬가지였다.

갑자기 돌변한 남자들 중 한 명이 마이크를 잡았다. 동시에 남자들 뒤로 쳐져 있던 커튼이 스르륵 벗겨졌다. 커튼이 벗겨지며 등장한 건 여러 잡다한 물건들이었다. 박스로 포장된 건강식품에서 건강 신발과 그릇, 전자 제품까지 종류도 다양했다. 마이크를 잡은 남자는 하나하나 쌓여 있는 물건들이 무엇에 쓰는 것이고 어디에 좋은지 설명하기 시작했다. 그런데 남자가 설명을 마치기도 전이었다. 할머니들이 하나둘 손을 들기 시작했다.

"여기 하나!"

"여기도!"

여기저기 물건을 사이에 두고 경쟁이 붙었다. 몇 개 없는 물건들을 두곤 서로 사겠다며 실랑이가 벌어지기도 했다. 시간이 지나자 값나가는 물건이 나오기 시작했다. 그러자 손을 드는 사람도 줄었다. 손을 드는 사람이 없을 땐 할머니들은 서로 슬금슬금 눈치를 봤다. 그러다간 마지못한 듯 누군가가 천천히 손을 들었다.

대체 문 여사는 어디 있을까. 할머니들이 줄을 맞춰 앉아 있기 때문에 뒷모습만으로 그녀를 찾긴 쉽지 않았다. 수업 시간이 다 돼 마냥 그러고 있을 수도 없었다. 그런데 이제 가봐야겠다 생각할 때쯤이었다. 마이크를 잡은 남자의 목소리가 한층 더 비장해진다 싶더니 드디어 안마 의자가 중앙으로 나왔다. 워낙 덩치가 큰 물건이기 때문일까. 한참이 지나도 아무도 손을 들지 않았다. 할머니들은 서로 그저 눈치만 봤다. 시간이 지나도 사겠다는 사람이 없자 마이크를 잡은 남자도 당황한 것 같았다. 그런데 그때였다. 누군가의 목소리가 고요를 뚫고 나왔다. 마이크를 잡은 남자의 얼굴에 다시 미소가 번졌다. 흘금거리며 눈치를 보던 할머니들도 그제야 안심하는 것 같았다.

"아, 역시 우리 아름다운 여사님이시군요!"

남자의 목소리가 마이크를 타고 방 안에 메아리쳤다. 다른 사람들이 살 땐 할머님이라고 하더니. 그 때문일까. 침묵을 깨며 튀어나온 목소리는 그날 안마 의자뿐이 아닌 값나가는 물건 몇 개를 더 샀다.

그런데 앞에 나왔던 물건들이 얼추 주인을 찾았을 때였다. 갑자기 방 안에 팡파르가 울렸다. 앉아 있던 할머니들이 일제히 한곳으로 눈을 모았다. 박수도 치기 시작했다. 마이크를 잡은 남자가 사람들이 보는 곳으로 다가갔다. 줄 맞춰 앉은 할머니들 사이에 숨어 있던 주인공이 천천히 자리에서 일어났다. 다가간 남자는 그녀를 에스코트해 무대 중앙에 놓인 안마 의자에 앉혔다. 그녀의 얼굴이 빠끔한 문틈으로 도드라졌다. 설마 했는데, 의자에 앉은 문 여사는 조금 쑥스러워하는 것 같았지만 할머니들을 내려다보며 손까지 흔들고 있었다. 마치 즉위식을 하는 여왕처럼.

아무리 그래도 그런 물건들이 가지고 있던 재산을 탕진하고 2억이나 빚까지 지게 했을까. 외모를 가꾸는 데 신경을 썼어도 그녀는 결코 씀씀이가 헤픈 편이 아니었다. 물려받은 유산도 좀 있다고 들었는데, 대체 그 돈은 어디에 쓰고 2억이나 빚을 진 걸까. 하긴 문 여사가 워낙 돈에 개념이 없기는 했다. 재테크 같은 것에도 관심 없었고 노후 대책 같은 것도 신경 쓰지 않는 것 같았다. 워낙 젊어 보이는 탓에 여기저기서 돈 많은 영감님들의 구애가 빗발치기도 했다. 그중엔 알 만한 회사의 노회장님도 있다고 들었다. 많은 사람들이 눈 딱 감고 얼마만 살다 한몫 챙겨 나올 것을 권했지만 그녀는 펄쩍 뛰며 그런 영감님들의 관심을 무척 불쾌해했다. 워낙 돈에 의연해 동네에선 문 여사가 재산이 많은 것으로 아는 사람들이 많았다. 사람들이 뭘 보고 문 여사에게 돈을 줬을까 의아했는데 그녀가 빚을 질 수 있었던 것도 그런 소문 때문이었을 것이다. 그렇게 악착같이 화장품을 팔러 다닐 때도 화장품이 팔리느냐에 관심이 있을 뿐 그것으로 번 돈에 관심이 있는 것 같진 않았으니까.

그러고 보니 그녀가 처음으로 돈에 관심을 보인 적이 있긴 했다. 시험이 끝난 어느 날이었다. 나는 오랜만에 방 안을 뒹굴며 케이블에서 상영하고 있는 영화를 보고 있었다. 「죽어야 사는 여자」라는 영화였다. 대체 언제적 영화일까. 볼 게 없어 틀어놨더니, 어느새 문 여사도 곁에 와 보고 있었다. 눈을 반짝이며 영화를 보던 그녀는 젊음의 묘약을 먹고 젊어진 주인공을 보며 말했다.

"저런 게 있으면 가진 것 다 주고도 사겠다."

아닌 게 아니라 나도 꼭 삼 년만 젊어져 정우와 동갑이 됐으면 하고 생각하고 있었다. 먼저 태어난 게 죄는 아닌데 해리는 물론 다른 애들도 나를 미친년 취급을 하는 것이다. 얼마 전에는 정우를 마음에 두고 있는 중딩에게 머리채를 잡히기도 했다.

"나이도 많은 게 어딜 넘봐!"

사랑이 무슨 죄라고 어린애한테 이런 꼴을 당해야 하나 서글퍼 집에 와 이불을 뒤집어쓰고 한동안 꺽꺽대며 울어야 했다. 그런데 문 여사가 그런 말을 하다니. 드디어 나를 이해해 줄 사람이 생긴 것 같아 감격에 겨워 고개를 돌렸을 때였다. 그런 내 마음에는 아랑곳없이 문 여사가 눈을 빛내며 물었다.

"그 할린가 뭔가 하는 오토바이 있지? 그런 건 얼마나 할까?"

나는 무슨 소리냐고 물으려다 그만뒀다. 순간 할리 데이비슨 매장에서 오토바이를 바라보던 남자의 눈빛이 떠올랐기 때문이었다.

어느 날 집에 가보니 낯익은 남자가 와 있었다. 할머니들에게 물건을 팔며 춤을 추던 남자였다. 멀끔하게 생긴 남자들 중에서도 가장 돋보인다 싶었는데 음악이 끝나자 마이크를 잡은 것 역시 그였다. 팡파르가 울리자 문 여사를 에스코트해 의자에 앉히던 남자. 언젠가 안마 의자를 가지고 왔던 사람이기도 했다. 아마도 또 배달을 온 모양이었다.

"온 김에 밥이라도 먹고 가요."

집에서 다른 사람이 밥을 먹었던 적이 있었을까. 집에 누군가가 있는 것도 낯선데 문 여사는 대뜸 그렇게 말했다. 그녀의 목소리가 너무 진지해, 싫어도 도저히 거절할 수 없을 것 같았다. 역시나 남자는 그러겠다고 했다.

한동안 부엌에서 부산을 떨더니, 식탁엔 평소와는 다른 식단이 차려져 있었다. 언제 준비한 걸까. 내게는 살이 찐다며 쳐다보지도 못하게 하더니, 기름이 덕지덕지 붙은 돼지고기가 고추장을 뒤집어쓴 채 먹음직스럽게 구워져 있었다.

"언젠가 좋아한다는 말을 들은 것 같아서……."

그녀의 말에 남자는 꽤나 감격한 표정이었다.

"이런 밥 먹어본 지가 언제지도 모르겠어요."

남자는 밥을 아주 맛있게 먹었다. 문 여사는 연신 젓가락질을 해대는 남자를 흐뭇하게 바라봤다. 하지만 나는 남자를 고운 눈으로 볼 수 없었다. 가까이서 보니 남자는 훨씬 더 멀끔했다. 노인정 할머니들 표현을 빌리자면 깎아놓은 밤톨 같았다. 하지만 그런 멀쩡한 허우대로 할머니들 단물이나 빼먹는 일을 하다니 말이다. 그런데 시간이 갈수록 내 눈빛에 점점 힘이 빠지는 걸 느꼈다. 뺀질뺀질 물건이나 파는 인간인 줄 알았는데 과장된 웃음이 걷히자 서글서글한 눈매가 여간 순진해 보이는 게 아니었다. 항상 젖은 듯한 눈망울 또한 마음이 괜히 짠해지는 게 보호 본능을 자극하기도 했다. 유머를 겸비한 그의 이야기를 듣다 보니 어느 순간 나도 모르게 웃고 있었다.

남자는 그 후 자주 눈에 띄었다. 가까운 곳에서 자취를 한다고 했다. 그래서인지 문 여사의 물건들은 모두 남자가 배달했다. 남자는 매장에서 가장 인기 있는 직원인 모양이었다. 길에서 마주치기라도 하면 동네 할머니들은 마치 좋아하는 연예인이라도 만난 듯 남자의 손을 잡고 흔들었다. 헤어질 땐 아쉬움에 잡았던 손을 놓으려 하지 않았다.

하지만 그를 자주 본 건 큰길에 있는 할리 데이비슨 매장 앞이었다. 그는 늘 그곳에서 진열된 오토바이를 보고 있었다. 처음 보던 날 남자는 한참을 쇼윈도 앞에서 서성였다. 그러다간 발길이 떨어지지 않는 듯 겨우 자리를 떴다. 그런데 그날 남자의 모습이 집에 돌아와서도 한참을 떠나지 않았다. 오토바이를 그런 눈으로 보는 사람은 처음이었다. 오토바이뿐 아니라 다른 것도 마찬가지였다. 그런 눈으로 누군가 바라봐 준다면 기분이 어떨까. 그제야 그가 왜 할머니들의 비위나 맞추는 일을 그렇게 열심히 하는지 알 것 같았다. 오토바이를 위해서라면 그는 더한 일이라도 할 것 같았다.

우수 고객에 대한 예우라며 남자는 수시로 드나들었다. 집 안 곳곳을 돌봐주기도 했다. 고장 난 수도도 고쳐 주고 흐릿해진 전구도 갈아 줬다. 하긴 문 여사는 매장의 여왕이었으니 그 정도 대접은 받을 자격이 있을 것도 같았다. 물도 콸콸 나오고 전구도 밝아지고, 남자가 드나들고부터 확실히 집안 분위기가 달라졌다. 그건 문 여사 때문이기도 했다. 남자가 집에 오는 날엔 그녀는 왠지 더욱 화사해 보였다. 행복에 넘쳐 보이기까지 했다.

그런데 어느 날이었다. 학교에서 돌아오니 문 여사가 가슴을 움켜쥐고 바닥에 쓰러져 있었다. 진땀을 뻘뻘 흘리며 이를 악물고 있는 것이 몹시 고통스러운 것 같았다. 이럴 땐 어떻게 해야 할까. 뭔가를 해야 할 것 같은데 뭘 해야 할지 떠오르지 않았다. 그렇게 발만 동동 구를 때였다.

갑자기 벨이 울렸다. 떨리는 손으로 문을 열었다. 현관 앞에 남자가 서 있었다. 특유의 미소가 흐르던 그의 눈이 벌벌 떠는 나를 보곤 웃음기를 거뒀다. 그는 쏜살같이 집 안으로 뛰어들었다. 발만 동동 구르던 나와는 달리 아직도 가슴을 움켜쥔 문 여사를 재빠르게 등에 업었다. 나는 그만 참았던 눈물이 왈칵 터지고 말았다.

병원으로 옮겨진 문 여사는 응급 치료를 받고 나자 다행히 곧 통증이 멎었다. 그제야 문 여사가 심장이 좋지 않다는 걸 알았다. 며칠 동안 입원을 해야 한다고 했다. 위험한 순간을 겪었기 때문일까. 하루아침에 문 여사의 얼굴은 몰라보게 해쓱해져 있었다. 염색이 지워진 머리는 희끗희끗했고 화장기 없는 얼굴엔 거무튀튀한 잡티가 가득했다. 그제야 깨달았다. 아무리 젊어 보여도 그녀가 일흔이 넘은 노인이었다는 걸.

사람을 둬야 하나 걱정했는데 남자가 간호를 자청했다. 매장에 휴가를 냈다고 했다. 그것도 우수 고객에 대한 예우일까. 아무튼 문 여사는 다행히 얼마 후 퇴원해 집으로 돌아왔다.

고맙다는 인사를 하기 위해 문 여사가 남자를 집으로 초대했다. 처음 오는 사람도 아닌데 손님 맞을 준비에 문 여사는 잔뜩 들떠 있었다. 시장에 간다, 마트에 간다 며칠 전부터 부산을 떨더니 식탁 위엔 처음 보는 음식들이 그득히 차려졌다. 음식을 하며 그녀는 내내 콧노래를 흥얼거렸다.

남자는 평소와는 다르게 정장을 입고 왔다. 손에는 꽃다발이 들려 있었다. 그렇게 차려입으니 더 말쑥해 보였다. 다시 한번 꽤 미남이라는 생각이 들었다. 문 여사도 오랜만에 홈드레스를 입고 있었다. 전날 한약재를 넣고 한 팩이 효과가 있는지 그녀의 얼굴은 어느 때보다 더 빛이 났다.

그 후 둘은 어디든 함께 다녔다. 영화도 보러 갔고 일이 끝나면 함께 가까운 공원도 산책했다. 마트도 함께 다녔다. 같이 있는 둘을 보면 모자 사이처럼 보이기까지 했다. 동네에서도 문 여사에게 수양아들이 생긴 모양이라고 했다. 그런 그들을 보면 은근히 배알이 뒤틀렸다. 나를 위해 이사를 하고 방을 꾸미고 음식을 했듯 이제 그녀는 남자를 위해 무엇이든 할 것 같았기 때문이었다. 아니나 다를까. 전세금을 올려 줘야 해 이사를 고민하던 남자에게 문 여사가 방값도 보태 준 모양이었다. 그 사실을 안 동네 할머니들은 문여사와 남자 사이를 두고 쑤군대는 것 같았다. 아무리 집안 내력이라도 한두 살 차이도 아니고, 말도 안 되는 말이었다. 문 여사야 워낙 돈에 개념이 없으니 별 생각 없이 한 일이겠지만 둘을 놓고 동네에선 한동안 그렇게 쑥덕거렸다. 아무튼 그렇게 이상한 소문이돌 만큼 같이 있는 둘은 다정해 보였다.

그런데 무슨 일일까. 어느 날부터 남자가 보이지 않았다. 아니사라졌다고 해야 옳았다. 매장도 그만 두고 살던 집에도 없는 모양이었다. 할리 데이비슨 매장 앞에도 남자는 더 이상 보이지 않았다. 그러고 보니 남자가 늘 바라보던 오토바이가 사라져 있었다. 남자 대신 매장 앞에 서서 문 여사는 오랫동안 새로 진열된 오토바이들을 바라봤다. 오토바이를 보던 남자의 눈처럼 그녀의 눈도 슬픔에 젖어 있었다.

이제 내 주식은 어느새 라면이 됐다. 나는 어쩐지 먹히지 않는라면을 입바람을 불어가며 꾸역꾸역 밀어 넣었다. 이런 날도 얼마안 남았기 때문이었다. 알고 보니 집을 판 지도 오래였다. 집주인은 보름 동안 말미를 줄 테니 집을 비워달라고 했다.

라면을 먹으며 나는 텔레비전을 봤다. 사람들이 모두 가져가고 남은 텔레비전과도 이제 이별이었다. 이것마저 없었으면 훨씬 더 힘들었을 텐데. 이리저리 채널을 돌리던 손가락이 나도 모르게 멈춰졌다. 케이블에선 언젠가 봤던 영화가 재방되고 있었다. 「죽어야 사는 여자」, 처녀처럼 매끈해진 헬렌의 모습에 충격을 받은 매들린은 방금 큰돈을 주고 젊음의 묘약을 마셨다.

"라스베이거스!"

나는 그만 들어 올렸던 라면 가닥을 힘없이 놓치고 말았다. 그제야 언젠가 문 여사의 가방 속에 있던 오토바이 사진이 떠올랐다. 이름은 알 수 없지만 어느 월간지에서 오려 낸 것이었다. 그곳엔 세계 최고가의 오토바이 사진이 실려 있었다. 모든 걸 티타늄으로 만든 수제 바이크라고 했다. 그것이 전시된 곳은 라스베이거스였다. 그곳에서 세계 최대의 오토바이 모터쇼가 열릴 모양이었다. 세계 최고의 오토바이가 모두 모인다고 했다.

다음 주엔 학부모 상담이 예정돼 있었다. 그 사실을 알면 문 여사는 흔쾌히 참석할 것이다. 학교에 오기 위해 그녀는 팩을 하고 마사지를 할 것이다. 준비는 여러 날 전부터 이루어질 것이다. 하지만 그녀가 간 곳이 라스베이거스라면 그녀는 쉽게 돌아오지 않을 것이다. 어쩐지 그녀가 떠났을 때 들었던 원망이 순간 사라졌다. 내 엄마가 돼 주겠다고 하더니, 나 혼자 버려둔 채 떠난 그녀가 원망스러웠는데 말이다. 하지만 그녀는 적어도 엄마의 의무를 저

버리진 않은 것이다. 내 통장에 손을 대지 않은 걸 보면. 젊음의 묘약을 위해선 돈이 많이 필요할 텐데. 그것으로 당분간 고시원에라도 들어가 근근이 생활해야겠다. 나는 우선 방을 얻고 문 여사를 기다릴 계획이다. 젊음의 묘약을 위한 여정에서 돌아올 그녀, 나의 엄마, 아니 언니를 위해.

그러고 보니 마지막으로 보던 날 그녀는 어느 때보다 눈부셨다. 며칠 전부터 마사지를 하고 팩을 한 때문이었다. 머리도 평소보다 밝은색으로 물들였다. 고민 끝에 가장 젊어 보이는 옷도 골랐다. 전날 미장원까지 다녀온 그녀는 거울 앞에서 몇 시간이고 자신의 모습을 바라봤다. 그러곤 내게 말했다.

"난 아직 늙기엔 너무 젊어, 안 그러니?"

오랫동안 준비한 탓일까. 그날 어느 때보다 화사한 그녀의 얼굴에선 뭔지 모를 섬뜩한 한기마저 끼쳤다.

저 푸른 초원 위

셔터를 열려다 말고 종구는 거적때기로 달려가 냅다 발길질을 하고 말았다. 순간 거적때기 속에서 작은 비명이 들렸다간 잦아들었다. 그냥 돌아서려던 종구는 다시 몇 번인가 더 발길질을 해댔다. 하지만 발을 들어 올릴 때마다 삭신이 쑤셔대는 통에 그러면 그럴수록 더 울화가 치밀었다.

"아이 씨! 그만 해! 나타샤 아프단 말이야!"

몇 번의 발길질에도 꿈쩍 않던 충호 놈이 그제야 거적때기 속에서 새집 같은 머리를 빠끔히 내밀었다. 종구는 주먹을 쥐었던 손을 펴 수염이 파릇한 턱을 문질렀다. 나타샤라는 말에 갑자기 턱 언저리가 뻐근히 아파온 것이다.

사실 어젯밤 싸움도 그 나타샨가 하는 노랑머리 때문이었다. 행색은 거지꼴이어도 몸매도 늘씬하고 이목구비도 시원한 노랑머리가 하필 성갑이 패거리의 눈에 띈 모양이었다. 처음엔 충호 놈도 실실대며 패거리의 비위를 맞추려 했다. 그런데 성갑이가 노랑머리의 손목을 움켜쥔 순간이었다. 늘 흐리멍텅하던 눈에 불꽃이 번쩍 튀었다. 실실대던 입가가 싸늘해진다 싶더니 충호 놈이 그대로 몸을 날려 성갑이의 팔을 물어뜯어 버렸다. 불시에 팔을 물려 눈이 뒤집힌 성갑이는 미친개처럼 날뛰었다. 패거리들이 곧 충호 놈을 바닥에 패대기치고 사정없이 두들겨 패기 시작했다.

마침 마트 문을 잠그러 나온 종구는 소란이 있는 곳으로 달려갔다. 주정뱅이들끼리 시비라도 붙은 줄 알았는데, 충호 놈이 신나게 얻어터지고 있었다. 그대로 두면 꼭 죽을 것 같아 종구는 어쩔 수 없이 싸움판에 뛰어들었다. 그에게도 곧 주먹이 날아왔다. 종구가 중간에 뛰어들어 충호의 입술이 터진 정도로 끝난 건 다행이었다. 하지만 아침에 일어나 삭신이 쑤시고 턱까지 욱신거리자 종구는 자꾸 부아가 치밀었다.

"개새끼! 하필 여기다 자리를 깔아서 지랄이야!"

종구는 삐죽이 드러난 까치집 같은 충호의 머리통을 주먹으로 야무지게 한 번 쥐어박았다. 등뒤에서 돼지 멱따는 듯한 신음이 따라붙었다. 종구는 그것을 털어내듯 가래침을 뱉고는 다시 마트로 걸음을 옮겼다.

충호가 나타샤라는 노랑머리를 끌고 동네에 나타난 건 몇 달 전의 일이었다. 언제부턴가 골목 입구에 거적때기가 깔리기 시작했다. 눈에 거슬린 사장은 빨리 쫓아 버리라며 종구를 다그쳤다. 사장뿐이 아닌 이웃의 성화가 빗발치기도 했다. 수상한 거적때기가 언제 부스스 일어나 해코지를 할지 모른다는 불안감 때문이었다. 안 그래도 요즘 재개발 문제로 뒤숭숭한 참이었다. 그런데 때아닌 거적때기까지 나타나 사람들의 불편한 심기를 부추기고 있었다.

종구는 중학교 때부터 김 사장 밑에서 심부름을 하며 잔뼈가 굵었다. 재개발 조합장에, 구 의원에, 정신없는 김 사장은 어느 순간부터 모든 권한을 종구에게 일임한 채 뒤로 물러나 앉았다. 그 후로 종구는 마트 일은 물론 근방의 일이라면 팔을 걷고 나섰다. 그러니 거적때기를 쫓아내는 일도 당연히 종구의 몫이었다.

종구는 한껏 거드름을 피우며 거적때기 쪽으로 다가갔다. 어쩐 일인지 종구는 근 한 달간 그곳에 들어앉은 면상을 구경 한번 못하고 있었다. 마트 정리를 마치고 순임 씨가 타다 주는 모닝커피를 마시며 한숨 돌릴 때쯤이면 거적때기는 이미 사라져 보이지 않았다.

종구는 무슨 말부터 할까 생각하다 일단 거적때기를 냅다 걷어

낼 마음이 들었다. 그것도 집이라고 예의를 갖추는 게 우스웠기 때문이었다.

몇 발짝 걸음을 옮겼을 때였다. 그때까지 꿈쩍 않던 거적때기가 스르륵 벗겨지며 머리통 두 개가 삐죽이 솟아올랐다. 걸음을 멈춘 종구는 드러난 머리통을 쏘듯이 바라봤다. 때에 전 겨울 외투를 모자까지 뒤집어 쓴 사내와 한술 더 떠 목도리까지 칭칭 동여맨 여자까지. 그런데 자세히 보니 그 여자 거지는 생뚱맞게 노랑머리에 파란 눈을 하고 있었다. 종구는 그곳에서 사람이 둘씩이나 살고 있을 줄은 상상도 못했다. 더구나 남녀가 짝을 이뤄 한뎃잠을 자다니. 게다가 노랑머리는 또 웬일일까.

"어이, 종구야, 너 종구 맞지?"

그런데 그때였다. 거적때기 속에서 홀연히 드러난 머리통 하나가 종구의 이름을 부르며 아는 체를 하는 것이다. 놀란 종구는 눈에 힘을 주며 아직도 거적때기를 떨치지 못하는 사내의 얼굴을 바라봤다. 안 그래도 까무잡잡한 얼굴이 때에 절어 피붙이라 해도 알아보지 못할 몰골이었다.

"야, 나야, 충호!"

사내는 그제야 거적때기를 떨치고 일어나 종구의 곁으로 다가왔다. 웃음을 한가득 담은 얼굴이 반가워 죽겠다는 표정이었다. 그렇게 코앞에 다가와서 투박한 손까지 내밀었다.

종구는 빠르게 주위를 살폈다. 다행히 보는 사람은 없었다. 종구는 초원마트의 실질적 책임자로 근방에선 그의 손을 거치지 않는 일이 없었다. 그런데 거적때기 속에서 나온 거지가 자신의 이름을 부르며 살갑게 손까지 내밀다니. 그 꼴을 다른 사람이 본다면 종구의 체면에 적지 않은 손상이 갈 게 뻔했다. 하지만 사내는 그 더러운 손으로 어느 틈엔가 종구의 손을 낚아채 마구 흔들어 대고 있었다.

"나야, 나. 충호."

충호. 종구는 가물가물한 기억 속에서 어렵게 이름 하나를 떠올렸다. 자신의 기억 속 충호라면 어릴 적 뒷집 살던 박충호뿐이었다. 그런데 그 충호는 언제나 부러움의 대상이던 동네에서 가장 부잣집 아들이었다. 후처로 들어온 어머니 밑에서 늦둥이로 귀염만 받고 자라 오만불손하기 이를 데 없는, 지금 생각해도 영 밥맛 없는 놈이 박충호였다. 그 부잣집 늦둥이가 거지꼴이 돼 나타나다니. 하지만 때에 전 그 까무잡잡한 얼굴 속에서 점처럼 박힌 눈동자가 수상쩍게도 종구는 자꾸 눈에 익었다.

"박…… 충호?"

"맞아, 나 충호라니까."

그렇게 어리둥절할 때였다. 밤새 덮어썼던 거적때기를 접어 커다란 가방에 넣은 노랑머리가 이쪽을 향해 뭐라고 소리쳤다. 아까까지도 종구는 무늬만 노랑머리지 속은 토종이 분명한 혼혈 정도로 생각했다. 그런 생각을 비웃듯 그녀는 뭐라고 알아들을 수 없는 꼬부랑말로 지껄이고 있었다. 그런데 그 말은 꼬부랑말 중에도 귀에 영 설었다. 공부와는 담을 쌓고 산 종구도 영어가 아닌 것만은 확실히 알 수 있었다.

"쟤는 나타샤야. 러시아에서 왔어. 배고프다고 밥이나 먹고 오자는데."

충호는 그제야 종구의 손을 놓고 노랑머리에게로 달려갔다. 둘은 그 알 수 없는 말로 잠시 무슨 얘기를 주고받았다. 그러고는 곧 큰길 쪽으로 걸음을 옮겨 종구의 눈에서 멀어졌다.

종구는 충호와 노랑머리가 사라져 간 곳을 한동안 넋 놓고 바라봤다. 아직도 손엔 충호의 온기가 남아 있었다. 종구는 두 손을 엉덩이에 쓱쓱 문질러 온기를 닦아냈다. 아직도 뭐가 뭔지 통 종잡을 수가 없었다.

어둠이 깔리자 충호와 노랑머리는 어김없이 돌아와 거적때기를 깔 차비를 했다. 종구는 거적때기 옆에 자리를 잡고 앉아 소주를 땄다.

"엄마 아빠 다 돌아가시고 누나들이 어디로 가버렸어."

충호는 따라 주는 소주를 단숨에 들이켰다. 그 길지 않은 말에 충호의 신산한 세월이 선명하게 보이는 듯했다.

"아무리 그래도 그렇지 꼴이 이게 뭐냐, 새끼야!"

쥐어박듯 쏘아붙였지만 아침에 본 충호의 몰골은 어딘지 병색이 짙어 보였다. 다잡고 앉아 물으니 그동안 알코올 중독으로 요양원 같은 데 강제로 수용되기도 했고, 길에서 자다가 기도원 같은 곳으로도 끌려가 본 모양이었다.

"근데 이젠 돈 번다. 나타샤랑 러시아에 갈 거야."

종일 돌아다니며 박스 같은 걸 모아, 먹는 건 어느 정도 해결되는 모양이었다. 그런데 그래가지고 러시아에 어느 세월에 갈 수 있을까. 하지만 녀석은 나타샤라는 말만 나와도 마냥 좋은지 이유도 없이 헤헤거렸다.

"근데 그 말은 어디서 배웠냐?"

"배우긴 뭘. 그냥 같이 살다 보니 저절로 통하게 되더라."

말을 마친 녀석은 파뿌리 같은 수염을 날리며 웃음을 흘렸다. 그러곤 잠이 오는지 나타샤라는 노랑머리 옆에 누웠다. 러시아 처녀들이 술집 같은 데로 팔려 온다더니 노랑머리도 그렇게 흘러들어온 모양이었다.

충호가 거지가 돼 나타났다는 소문은 빠르게 퍼졌다. 아직도 곳곳엔 충호를 기억하는 사람들이 적지 않았다. 거적때기를 깔고 누운 거지가 충호라는 사실이 밝혀지자 해코지를 걱정하던 이웃의 성화는 잦아들었다. 그래도 김 사장은 마트의 미관을 흐린다며 여전히 종구를 다그쳤다.

종구는 거적때기를 쫓아낼 생각도 없었지만 충호와 살갑게 지낼 마음도 없었다. 처음엔 충호의 신세가 가엾기도 했다. 하지만 자신을 얕잡아 보며 거들먹거리던 놈을 생각하면 심술맞게도 가끔씩 깨소금 맛이 드는 것이다. 상관 않고 지내려 했는데. 하지만 엊저녁 싸움은 어쩔 수 없었다. 아무리 그래도 충호 놈이 맞아 죽는 꼴을 두고 볼 수는 없으니까.

종구는 몸을 돌려 다시 거적때기 곁에 쪼그려 앉았다. 밖으로 보이는 건 충호의 그 까치집 같은 머리통뿐이었다. 하지만 속에서 둘이 얼마나 꽉 끌어안고 있는지 느낄 수 있었다. 그 꼴을 보니 다시 부아가 치밀었다. 하지만 해가 중천에 뜰 때까지 그러고 있는 꼴이 나타샨가 하는 노랑머리에게 무슨 일이 있나 종구는 은근히 또 걱정이 됐다.

"야, 일어나 새끼야! 해가 중천이고만."

종구는 앉은 채로 거적때기를 툭툭 발로 찼다. 하지만 충호 놈은 꿈쩍하지 않았다. 종구는 침을 한번 퉤 뱉고는 주머니에서 손을 빼 천천히 거적때기로 가져갔다.

"새끼 이것도 고향이라고 찾아온 건가. 귀찮게……."

거적때기를 들추자 역시나 충호와 노랑머리가 꼭 끌어안은 채누워 있었다. 매일 상상만 했지 정말 그렇게 둘이 끌어안고 있는 꼴을 보니, 종구는 여간 배알이 꼴리는 게 아니었다.

"야, 쟤 진짜 아프냐?"

어젯밤 성갑이 패거리가 물러가자 노랑머리가 정신을 잃고 쓰러졌다. 그 와중에 몇 대 얻어맞은 게 잘못된 걸까. 강단 있어 보이던 노랑머리가 힘없이 쓰러져 한동안 정신을 차리지 못했다. 하지만 충호가 안고 여기저기 주물러 대자 다행히 곧 깨어났다. 그때 충호 놈이 어찌나 꺽꺽 울어대며 호들갑을 떨던지 정말 무슨 일이라도 치르는 건 아닌지 종구 또한 여간 놀란 게 아니었다.

"이 새끼야, 니 마누라 어디 아프냐고!"

종구는 다시 한 번 목청을 높였다. 그제야 꿈쩍 않던 충호가 노랑머리를 안았던 팔을 풀고 부스스 일어났다.

"많이 아파, 먹지를 못한단 말이야!"

겨우 말을 마친 충호 놈은 금세 구정물 같은 눈물을 뚝뚝 떨어뜨렸다. 그 꼴을 보자 종구는 밥맛이 싹 가시는 듯했다.

마트로 돌아온 종구는 창고에서 휴대용 버너를 꺼내 주전자에 물을 끓였다. 선반 위의 사발면 두 개도 꺼내 뜯었다. 그놈의 노랑머리가 어떻게 맛을 알고 사발면만 주면 그 꼬부라진 혀로 감사합니다를 연발했다. 물이 끓는 동안 종구는 어젯밤 노랑머리가 쓰러졌을 때 충호 놈이 울며불며하던 말을 떠올렸다.

"나타샤 사랑해……."

거지들 주제에 사랑이라니. 종구는 피식 웃음을 흘리다가 또 한 번 울화가 치밀었다. 그놈의 사랑 타령하는 꼴 보기 싫어 집을 나온 지가 언젠데 가는 데마다 같잖게 사랑 타령하는 인간들이 무수히 널린 것이다.

"엄마는 밸도 없어! 왜 저런 송장한테 목을 매고 난리야!"

주인집 영감이 풍을 맞아 들어앉은 게 벌써 삼 년 전이었다. 종구는 어디 양로원 같은 데로 보내 버리고 그 집에서도 나오라고 사정도 하고 주정도 부렸다. 하지만 공주댁은 영 말을 듣지 않았다.

"엄마가 그런다고 저 노인네가 눈 하나 꿈쩍할 줄 알아! 콧대만 오지게 높은 노인네를⋯⋯."

종구는 술기운을 빌려 그간 쌓였던 말을 모두 해버릴 작정이었다. 하지만 공주댁이 나와 머리통을 후려치자 그만 술기운이 확 달아나는 것 같았다.

"이놈아 나가려면 니가 나가라 이 나쁜 놈아. 이놈아. 어디서 술은 처먹고 행패야 행패는!"

공주댁은 앙상한 팔을 들어 종구의 가슴팍에 몇 번인가 주먹질을 했다. 종구는 온몸에 힘이 빠졌다. 자신이 아무리 난리를 쳐도 엄마가 영감을 양로원에 보내지 않을 거라는 건 알고 있었다. 김 사장도 그렇지만 그동안 재개발에 앞장선 건 그 때문이었다. 재개발이라도 되면 엄마도 노인네도, 집을 떠나야 할 테니까. 하지만 완강하기 짝이 없는 공주댁의 태도에 종구는 가슴 한곳이 무너지는 느낌이었다.

"그래, 내가 나갈게. 잘 먹고 잘 살아요!"

종구는 그 밤으로 집을 나와 도배를 마친 새 아파트로 들어갔다. 첫날밤은 감격과 서러움에 눈물까지 펑펑 흘렸다. 중학교 때부터 김 사장의 똘마니 노릇을 하며 모은 돈이었다. 그렇게 장만한 내 집에서 밤을 보내려니 그동안의 세월이 자꾸 머릿속을 어지럽혀 잠을 이룰 수 없었다. 그런 아파트를 입주 행사도 없이 달랑 몸뚱이 하나만 가지고 들어오다니. 새 아파트라 창고 방과는 천지 차이였다. 하지만 홧김에 들어와 혼자 묵기엔 더없이 아깝고 어색했다.

종구는 아파트에서 엄마와 함께 살 생각이었다. 엄마는 평생 셋 방살이를 하며 성질 고약한 영감의 눈치 속에 살아야 했다. 엄마에게 번듯한 집을 사주는 것은 종구의 오랜 꿈이었다.

"엄마, 이 아들이 드디어 엄마에게 효도 한번 하게 됐어. 드디어 내가 집을 샀다구!"

집으로 달려간 종구는 칭찬받기를 기다리는 아이처럼 공주댁의 꽁무니를 따라다녔다.

"내가 집을 옮기려면 벌써 옮겼지 이놈아. 너나 색시 얻어 살 생각을 하지, 왜 나보고 가자고 지랄이야!"

하지만 공주댁은 아파트 따위에는 관심 없다는 듯 차갑게 쏘아붙였다. 그녀가 한사코 집을 뜨지 않겠다는 이유는 바로 주인집 영감 때문이었다. 엄마가 영감에게 마음이 있는 건 종구도 오래전부터 알고 있었다. 하지만 풍을 맞은 영감은 이제 목숨만 겨우 붙어 숨만 쉴 뿐이었다. 게다가 하나뿐인 딸에게도 버림받을 만큼 성질 또한 고약했다. 아니 그동안에도 영감은 공주댁에게 눈길 한번 주지 않았다. 그녀를 하녀처럼 공주댁이라 부른 것도 그 영감이었다. 풍을 맞기 얼마 전까지도 그녀가 차려주는 밥상은 거들떠보지 않았다. 대신, 보란 듯 빵을 구워 버터를 바르고 커피를 끓여 먹었다.

"엄마가 뭐 노인네 마누라야? 아니면 뭐, 사랑이라도 해?"

종구는 술김에 사랑이라 뱉고는 그만 웃음이 터지려 했다.

"그래 사랑한다, 이놈아! 나라고 못할 게 뭐냐, 이 나쁜 놈……."

공주댁도 지지 않고 쏘아붙였다. 하지만 그녀의 주름진 얼굴은 금세 빨갛게 물들었다.

종구는 사발면을 양손에 들고 마트 문을 나섰다. 조금 전까지 구정물 같은 눈물을 떨어뜨리더니 그가 다가오는 것을 본 충호의 입가엔 비실비실 웃음이 피어올랐다.

"나도 참 지랄이네. 거지들한테 이런 것까지 해 바치고."

종구는 충호와 마주친 눈을 힘껏 부라렸다.

모닝커피를 건넨 순임 씨는 뭔가 할 말이 있는 것 같았다. 하지만 말은 안 하고 자꾸 히죽거리기만 했다. 말을 할 듯 말 듯 뜸만 들이는 것이 평소와 달라, 종구는 슬슬 답답해지려 했다.

이건 또 무슨 수작일까. 언젠가부터 종구는 자신만 보면 눈웃음을 흘리는 순임 씨가 여간 신경에 거슬리는 게 아니었다. 하지만 평생 영감만 바라보는 엄마의 그 사랑 타령에 질려 여자에겐 눈길도 주지 않을 거라 다짐한 지 오래였다.

"그 거지요. 나타샨가 하는."

말을 하다간 순임 씨는 터지려는 웃음을 손바닥으로 얼른 틀어막았다. 그러더니 곧 심각한 얼굴이 됐다.

"아무래도 홑몸이 아닌 것 같아요."

순임 씨의 말이 노랑머리가 몇 달 전까지 마트에서 꼬박꼬박 생리대를 사갔는데, 두 달 전부터 더 이상 사가지 않는다는 것이다. 게다가 종구가 가끔 가져다주는 사발면을 맛있게 먹고는 골목 뒤에서 모두 게워내는 것도 몇 번 봤다고 했다.

종구는 거적때기가 깔렸던 자리를 바라봤다. 일찌감치 또 어디로 갔는지 거적때기는 이미 보이지 않았다. 종구는 성갑이 패거리와 싸움이 벌어진 날 힘없이 쓰러지던 노랑머리를 떠올렸다. 아무래도 순임 씨의 말이 빈말이 아닌 것 같았다. 거지같은 것들. 거적때기 속에서도 할 짓은 다하네. 어이없는 웃음을 흘리다가 종구는 또 알 수 없는 불안감을 느꼈다.

"새끼, 왜 여기다 자리는 깔아가지고. 거참 신경 쓰이게 만드네."

종구는 사람이 뜸한 길바닥에 가래침을 탁 뱉었다.

잔뜩 찌푸린 하늘에선 저녁나절부터 또 비가 내렸다. 순임 씨도 일이 있어 일찍 퇴근한다기에, 종구는 다른 직원들도 모두 보내고 일찌감치 문을 닫고 창고 방에 들어앉았다.

하필 내일이 정기 휴일일 게 뭐람. 종구는 내일 아침 일찍, 어딘가로 떠나 밤늦게 돌아올 생각이었다. 그게 아니면 아예 며칠 긴 여행을 떠나도 좋을 듯싶었다. 물론 마트 일이 걱정되긴 했지만 며칠쯤 자신이 없다고 금방 무슨 일이 일어날까. 여름에 휴가도 안 갔으니 며칠 바람을 쐬고 온다면, 김 사장도 말없이 보내줄 것 같았다. 그렇게 떠나겠다고 마음을 먹다가도 또 막상 가려니 혼자 궁상맞게 어디를 가는 것도 내키지 않았다. 종구는 갑자기 가슴이 답답해 깔아 놓은 이불 위에 냅다 몸을 던졌다.

내일은 바로 공주댁의 생일이었다. 아파트 계약서에 도장을 찍을 때까지도 종구는 엄마의 생일날 새집에서 조촐한 파티를 할 계획이었다. 엄마와 마주 앉아 케이크에 불을 붙일 꿈에 부풀기도 했다. 하지만 엄마가 영감의 수발을 드는 집에 다시는 들어가고 싶지 않았다. 그렇다고 집을 지척에 두고도 엄마의 생일을 모른 척할 배짱도 서지 않았다. 만약 정기 휴일만 아니어도 마트 일을 핑계 대

54

며 가지 않을 수 있었다. 너무 바빠 몰려드는 피곤으로 잠이 들었노라 스스로에게 면죄부를 줄 수도 있었다. 하지만 혼자는 분명 미역국도 끓여 먹지 않을 엄마를 생각하니, 종구는 어떻게 해야 할지 머리가 빠개질 것 같았다.

그런데 어디 여관에라도 들어앉은 걸까. 충호 놈이 며칠째 보이지 않았다. 하긴 아무리 거지라도 비 오는 날 한뎃잠을 잘 순 없는 노릇이었다. 장마 때처럼 비는 며칠째 이어지고 있었다. 초겨울 비치고는 양도 꽤 많았다. 때아니게 가끔씩 천둥소리도 들렸다. 빗소리 때문인지 잠이 오지 않아 종구는 이불을 머리까지 끌어올렸다. 그런데 눈을 감자, 제일 먼저 충호 놈의 얼굴이 떠올랐다.

며칠 전 충호 놈이 슬그머니 종구에게 다가왔다. 배실배실 웃는 게 수상쩍다 싶더니 주머니에 뭔가를 슬쩍 찔러 넣곤 사라졌다. 셔터를 닫고 들어앉아 꺼내 보니 뜯지 않은 말보로 한 갑이었다. 마트에도 널린 게 양담밴데 무슨 보물이라도 되는 듯 꼬질꼬질한 신문지로 꽁꽁 싸맨 꼴 하고는. 종구는 담배를 꺼내 물며 한바탕 웃음을 쏟아냈다.

그나저나 이 빗속에 충호 놈은 어디서 뭘 하는 걸까. 종구는 러시아로 갈 거라는 충호의 말을 떠올렸다. 그는 충호가 이 밤에 러시아로 떠나 다시는 이곳에 나타나지 않았으면 하고 생각했다. 그리고 그것은 시간이 갈수록 점점 간절한 바람이 됐다.

"종구야! 종구야!"

눈을 뜨니 그악스럽던 빗소리가 들리지 않았다. 그런데 종구의 귀에 빗소리 대신 애타게 자신의 이름을 부르는 소리가 들렸다. 잠깐이지만 단잠을 잤는지 시간이 꽤 흘렀을 거라 짐작했는데, 문을 여니 아직 한밤중이었다.

뒷문을 돌아 밖으로 나오자 그동안 보이지 않던 충호 놈이 셔터가 부서져라 두드리고 있었다. 어디에 들어앉았다 비가 그치자 기어 나온 모양이었다.

"새끼야! 문 부서지겠다!"

종구는 자신이 곁에 온 줄도 모르고 문만 두드려 대는 충호의 뒤통수를 야무지게 후려쳤다. 그런데 놈의 몸이 젖혀지는 순간이었다. 어둠 속에서도 느껴질 만큼 충호 놈의 얼굴에 많은 양의 피가 흐르고 있었다. 눈도 밤퉁이가 돼 제대로 떠지지도 않았다. 만약 종구가 자신을 찾아올 만한 다른 거지를 알았다면 그것이 충호인지 알아볼 수도 없을 정도였다.

"무⋯⋯, 무슨 일이야?"

종구는 너무 놀라 말을 더듬었다. 그런데 충호 놈은 대답도 못하고 꺽꺽 울기만 했다.

"새끼야, 울지만 말고 말을 하란 말이야!"

"나타샤가⋯⋯, 나타샤가⋯⋯."

문을 두드리는 것이 충호라는 걸 알았을 때, 종구는 노랑머리에게 무슨 일이 생겼구나 짐작했다. 그런데 막상 놈의 입에서 나타샤라는 말이 나오자 자신도 모르게 가슴이 철렁 내려앉았다. 종구는 그제야 벽 한쪽에 쓰러진 노랑머리를 발견했다.

"그때 그놈들이 나타샤를 끌고 가려고 했어……."

성갑이 패거리들의 짓인 모양이었다. 어떻게 했는지 노랑머리는 진땀을 뻘뻘 흘리며 바닥에 늘어져 있었다. 그러면서도 입으로는 끊임없이 무슨 말인가를 중얼거렸다. 하지만 꼬부랑말이라 통 알아들을 수가 없었다.

"새끼야, 이리로 오면 어떡해! 병원으로 가야지!"

종구는 노랑머리를 들쳐업으려 공처럼 말린 몸을 곧추세웠다. 하지만 자신도 모르게 주춤 뒤로 물러났다. 노랑머리의 아랫도리가 피범벅이 돼 있었다. 순간 종구는 순임 씨의 말이 떠올랐다. 홑몸이 아닌 것 같아요. 피범벅이 된 노랑머리를 들쳐업은 종구는 있는 힘을 다해 달리기 시작했다. 노랑머리의 입에서는 끊임없이 알 수 없는 꼬부랑말이 흘러나왔다. 대체 무슨 뜻일까. 달리면서도 종구는 그 말이 몹시 궁금했다. 다리를 절룩이며 따라붙은 충호 놈은 여전히 격격 울어 대기만 했다. 그러면서도 까먹지도 않고 가끔씩 중얼댔다.

"나타샤, 사랑해."

새끼 지랄하네. 고개를 돌려 눈을 힘껏 부라린 종구는 눈앞에 보이는 병원을 향해 더욱 걸음을 재게 옮겼다.

꼭 하루 만에 초원마트 앞에 선 종구는 몸이 천근 같았다. 수술을 마치고 나온 노랑머리가 아이를 잃은 걸 알곤 알아들을 수 없는 말로 울고불고 난리를 치는 바람에 곁을 떠날 수가 없었던 것이다.

비가 내린 다음이라 밤하늘이 몹시 맑았다. 그 하늘 밑에 불 꺼진 초원마트의 간판을 바라보다가 종구는 갑자기 충호 놈이 흥얼대던 노래가 떠올랐다.

"저 푸른 초원 위에 그림 같은 집을 짓고 사랑하는 우리 님과 한백 년 살고 싶어."

집 안에 들어서자 충호 놈은 연방 실실거리며 신이 나 여기저기 기웃댔다.

"야, 좋다. 진짜 오늘 여기서 자도 된다 이거지?"

시간이 흐르자 얻어터진 충호의 얼굴은 더욱 부풀어 엉망이었다. 하지만 오랜만에 목욕을 해선지 전보다 훨씬 나아 보였다. 저도 오랜만에 목욕을 해 개운한 모양이었다. 상처 때문에 인상을 찌푸리면서도 끊임없이 실실거렸다.

종구는 아직도 자신이 잘한 짓인지 확신이 서지 않았다. 아이를 잃은 것을 안 노랑머리가 어찌나 울고불고 난린지 그냥 거적때기 속에서 재울 수는 없었다. 창고방을 내줄까도 했지만 어쩐지 하루쯤 선심을 쓰고 싶었다. 하지만 자신도 아까워 들어오지 못하는 집 안에서 노랑머리와 충호가 진을 치자 심기가 자꾸 불편해지는 건 어쩔 수 없었다. 불편한 심기로 한사코 씻지 않겠다고 버티는 충호 놈을 종구는 억지로 욕실에 밀어 넣었다.

"저 푸른 초원 위에……."

안 들어간다고 버틸 땐 언제고 시간이 흐르자 안에선 그렇게 노랫가락이 흘러나왔다.

"니 마누라는 저 지경인데 뭐가 좋아서 노래를 부르고 난리냐, 새꺄!"

종구는 샤워를 마치고 나오는 충호의 머리통을 다짜고짜 쥐어박았다. 그래도 녀석은 그저 실실대기만 할 뿐이었다.

"님과 함께 있는 집이 그림 같은 집이고, 바로 여기가 그림 같은 집이다 이겁니다요, 내 말은."

울고불고 할 때는 언제고 충호 놈은 그렇게 농지거리까지 해댔다. 그 꼴을 보자 더욱 비위가 상했다. 종구는 현관문을 소리 나게 닫고 아파트를 나왔다. 죽 쒀서 개 준다더니. 엄마에게 효도 한번 해보겠다고 장만한 새집을 충호 놈에게 내주고 오다니, 종구는 허탈함에 입에 쓴맛이 돌았다.

마트 문을 열려다 말고 종구는 발길을 돌렸다. 아직 열두 시가 되려면 시간이 꽤 남아 있었다. 아무리 그래도 엄마 생일을 모른 척할 수는 없었다. 더구나 오늘은 엄마의 일흔 번째 생일이었다. 종구는 주위를 두리번거리다 아직 문을 닫지 않은 메리야스 가게에 들어갔다. 겨울 내복 한 벌을 포장해 나오다가 종구는 다시 들어가 남자 내복을 한 벌 더 샀다. 메리야스 집에서 나오며 그는 아파트보다 영감의 내복에 더 감격할 엄마를 생각했다.

"누구들은 오늘 좋것다!"

눈이 올 때가 된 것 같은데 하며 올려다본 밤하늘은 비 내린 후라 더없이 맑기만 했다. 종구는 갑자기 끼치는 한기에 부르르 몸을 떨었다. 어쩐지 오늘은 옆구리가 더욱 시린 것 같았다. 순임 씨가 걸어오는 수작을 눈 질끈 감고 받아줄걸 그랬나 생각하다, 어둠이 깔린 밤거리에 싱거운 웃음을 털어냈다. 집으로 가는 길을 재촉하며 종구는, 오늘따라 더욱 시린 옆구리를 두 팔로 꼭 감싸 안았다.

노란 리본

"슬기야! 장슬기!"

아이의 이름이 일렬로 늘어선 책꽂이 사이를 헤집었다. 왜 엄마, 아이는 곧 구슬처럼 또르르 내 앞에 굴러올 터였다. 하지만 거대한 책의 숲은 그저 묵묵부답이었다. 책꽂이 뒤에 숨어 새로 나온 악보라도 뒤적일 거라 짐작했는데. 순간 등줄기에 폭우처럼 습기가 솟구쳤다.

"슬기야! 장슬기!"

부서진 유리 조각처럼 거칠고 날카로운 목소리가 한 번 더 책꽂이 사이를 휘저었다. 하지만 돌아오는 건 조용히 책을 고르던 사람들의 차가운 눈총뿐이었다.

사람들의 눈을 피해 얼른 책꽂이 속으로 뛰어들었다. 그래도 계속 따라붙는 눈들을 헤치며 미친 듯이 아이를 찾았다. 하지만 어디에도 아이는 없었다. 등을 적신 습기가 허리까지 빠르게 번져 내렸다. 나는 악보들이 꽂힌 서가를 외면하고 무력하게 걸음을 옮겼다. 발을 뗄 때마다 여전히 뒷덜미가 따가웠다.

"슬기야, 장슬기……."

무안함을 떨치려 한 번 더 아이의 이름을 힘주어 불렀다. 하지만 목소리는 뻗지 못하고 오히려 입안으로 기어들었다.

아이의 이름을 크게 부르는 건 내 오랜 습관이었다. 어린 슬기가 바이올린에 남다른 재능이 있다는 걸 알았을 때, 여기저기서 신동이 태어났다며 호들갑을 떨 때쯤부터 나는 언제 어디서든 때와 장소를 가리지 않고 목청껏 아이의 이름을 부르곤 했다. 그러면 아이는 기다렸다는 듯 튀어나와 와락 내 품을 파고들었다.

"어머, 장슬기야!"

"그게 누군데?"

"넌 제2의 사라 장도 모르니?"

아이가 내 품을 파고들 때면 으레 따라붙는 말이었다. 내 귀에 닿지 않으려는 듯 그들의 목소리는 작고 낮았다. 하지만 나는 어떤 말보다 더 또렷하고 선명하게 들을 수 있었다.

제2의 사라 장, 살아 있는 음악 천사, 지난번 모 신문사가 주최하는 콩쿠르에서 최고상을 받은 후로 아이를 따라다니는 수식어가 셀 수 없이 많아졌다. 아이는 이번에도 전국현악콩쿠르의 본선에 진출한 상태였다. 지난 몇 주 동안 하루에 한두 번씩은 아이의 얼굴이 매스컴을 탔다.

사람들에게 둘러싸인 아이는 스포트라이트를 받는 듯 찬란히 빛났다. 그런데 그 빛나는 무대 위에 선 건 아이뿐이 아니었다.

"저 여자가 장슬기 엄마야."

아이가 매스컴을 누비는 동안 나도 몇 번 얼굴을 비춰야 했다. 그 후론 줄곧 내 뒤를 꼬리처럼 따라다니는 말이었다. 신동을 낳은 여자. 그것이 사람들이 보는 나였다. 처음 얼마 동안은 어색하기 짝이 없었다. 전에는 느끼지 못했던 사람들의 시선이 시도 때도 없이 따라다니며 몸을 옥죘다. 덕분에 동네 구멍가게에 갈 때도 허리를 곧추세운 채 스커트를 갖춰 입어야 했다. 걸음걸이 하나도 허투루 해서는 안 됐다. 유명해진다는 게 결코 좋은 것만은 아니구나. 잠깐의 외출에도 집에 돌아오면 삭신이 쑤시고 피곤해 녹초가 되곤 했다. 하지만 무심히 지나치던 사람들이 돌아서 다시 얼굴을 확인하는 것을 보면 온몸에 전율이 끼쳤다.

"임신 기간 중 특별한 태교라도 하셨나요?"

"어떻게 아이가 바이올린에 재능이 있다는 걸 아셨어요?"

"우리 아이도 음악을 시켜볼까 하는데……."

시간이 지나자 질문도 쏟아졌다. 어떻게든 내 아이만큼은 특별하길 바라는 이들에게 신동을 낳은 나 또한 선택받은 사람이었다. 나는 그렇게 떨어지는 고물이라도 받아먹으려는 듯 대답을 기다리는 사람들에게 말했다.

"그저 별다른 건 없어요. 바이올린을 시작한 건 우연이었는데 남다른 재능을 보이는 게 저도 믿기지 않았어요. 저는 아이가 재능을 최대한 발휘할 수 있도록 도와줄 뿐이에요 제가 말할 수 있는 건 내 아이의 재능은 하늘의 선택을 받았다는 것, 그것뿐이네요."

나는 재능이라는 단어에 힘을 줬다. 차분하려 노력했지만 내가 생각해도 약간 거만함이 느껴지는 말투였다. 그럼에도 사람들은 그런 내 거만함을 당연하게 받아들였다. 그들은 내 말에 희망과 좌절을 동시에 느끼며 걸음을 돌렸다. 그들의 뒷모습을 향해 나는 속으로 소리쳤다.

'하늘이 내려준 아이. 그 아이가 바로 내 아이야!'

음악 코너를 빠져나와 베스트셀러가 진열된 모퉁이를 지났다. 잠시 주위를 두리번거리다 먼발치에 보이는 아동 서적 쪽으로 발을 돌렸다. 어쩌면 그곳부터 찾아봤어야 했을지 몰랐다. 진열된 책들은 먼발치에서도 아이들의 눈길을 끌 만큼 화려하고 예뻤다. 진열대에 서서 책을 보는 아이들이 눈에 많이 띄었다. 하지만 그곳에도 슬기의 모습은 보이지 않았다. 팬시용품 코너에도, 푸드 코너에도 가봤지만 아이는 없었다. 서점 안은 참 크기도 했다. 하긴 요즘은 뭐든 커야 장사가 되니까. 갑자기 이렇게 큰 서점에서 작은 아이를 찾는 건 불가능한 일 같았다.

길을 잃은 미아처럼 나는 서점의 구석구석을 헤집고 다녔다. 만약 아이를 이곳에서 찾을 수 없다면. 순간 명치 끝을 강타당한 듯 몸이 휘청거렸다. 어쩌면 아이가 이곳에 있을 거라 확신한 내가 어리석었을지 몰랐다. 사람들은 수시로 드나들었고 출입구는 총 네 곳이었다. 하늘이 내게 준 아이. 안 그래도 어딘가에서 유괴 같은 끔찍한 사건 소식이 들릴 때마다 가슴이 철렁 내려앉곤 했다.

"흰색 원피스예요. 구두는 하늘색이고 눈이 커서 겁이 많아 보여요. 아, 노란 리본이요. 오늘 아침, 머리에 노란 리본을 달아 줬어요. 그건 누가 보내 줬는데. 언젠가 관현악단과 협연한 후에 팬이라면서……."

나는 어느새 유니폼을 입은 직원의 팔에 매달려 울고 있었다. 한동안 눈만 껌뻑이던 남자는 무전기를 입에 대고 다급한 말을 했다.

"손님 한 분이 아이를 잃어버린 모양인데 어쩌죠? 노란 리본을 단 여자아이예요. 그래요. 노란 리본이래요. 머리에……."

무전기 안으로 빨려 들어간 남자의 말이 상대방에 닿았을까. 곧 같은 말이 되돌아왔다.

"노란 리본이요?"

치지직대는 소음과 함께 무전기 안에서 빠져나온 목소리가 귓가에 아득하게 스며들었다. 그리고 그때였다. 갑자기 거대한 노란 리본이 눈앞으로 와락 날아들었다. 순간 나도 모르게 질끈 눈을 감았다. 하지만 노란 리본은 여전히 폭풍 속인 듯 휘날렸다. 감은 눈이 아려왔다. 서점에 들어오기 전 광장에서 맞닥뜨린 여인의 눈. 그 퍽퍽한 눈이 감은 눈을 비집고 모래처럼 날아들었다. 아이를 잃은 어미의 눈이었다. 마주친 것만도 불길해 얼른 외면했던, 자꾸 비집고 들어오는 여인의 눈을 털어내려 힘겹게 아린 눈을 떴다.

어느덧 주위엔 사람들이 몰려 있었다. 하나같이 나를 안타깝게 바라봤다. 낯선 눈이었지만 낯익은 눈이었다. 광장의 여인을 바라보던 사람들의 눈. 나는 그들을 독 오른 짐승처럼 노려봤다. 금방이라도 입 밖으로 터질 것 같은 말을 목으로 꾸역꾸역 삼키며 입술을 깨물었다. 목안으로 삼켜지지 못한 말이 내 고막을 흔들었다. 나는 그 여자와는 달라! 날 그렇게 보지 마!

서점에 들어서자 아이는 만화 코너부터 달려갔다. 만화책이 쌓인 매대 앞에 자리를 잡곤 주섬주섬 책을 뒤지기 시작했다. 만화책들은 주로 비닐 포장이 돼 있었다. 책을 뒤지던 아이는 난감한 표정이었다. 하지만 비닐 포장이 안 된 책을 찾은 모양이었다. 갑자

68

기 얼굴이 환해졌다. 아이는 책 하나를 들곤 망설임 없이 바닥에 주저앉았다. 사람들을 끌어들이기 위해 몇 권의 책을 볼 수 있도록 해놓은 모양이었다. 서점 측의 의도대로 책을 보는 사람들은 슬기 말고도 꽤 많았다. 곁에 있는 사람들처럼 만화책을 보는 아이의 표정은 너무나 진지했다. 어쩌면 아이를 놓친 건 그 때문일지 몰랐다. 너무 진지한 아이의 표정이 겁나 손에 잡힌 아무 책이나 들고 계산대로 허겁지겁 발을 옮겼을지도.

"바이올린의 최고 명품은 스트라디와 과르네리야. 스트라디가 여성적인 반면 과르네리는 남성적이지. 또 밀라노산 과다니니와 베네치아산 갈리아노 등이 명품에 속해. 장영주는 과르네리를, 장한나는 과다니니를 쓴다고 해. 최고급품은 매물로 잘 나오지 만 언젠가는 슬기에게 스트라디나 과르네리를 꼭 사줄 생각이야."

자신이 다니는 회사에서 최고 경영자에 오를 거라던 남편의 꿈은 언제부턴가 슬기에게 명품 바이올린을 사주는 것으로 바뀌었다. 슬기를 위해서라며 유럽의 지사로 파견 근무 신청을 해놓은 남편은 그것도 모자라 아예 이민을 가는 게 어떻겠냐며 내게 종종 의사를 묻곤 했다. 슬기가 처음 바이올린을 시작했을 때 남편은 그 조그만 손에 악기를 쥐여주는 것이 가슴 아프다며 반대했다. 하지만 언제부턴가 남편도 신동을 가진 부모로서의 자긍심을 즐기기 시작했다. 그리고 그것은 남편의 꿈마저 바꿔놓았다. 그러던 어느 날 남편이 말했다.

"당신, 공부를 꼭 계속해야 할까?"

갑자기 심각한 표정이 된 남편은 어렵게 입을 열었다. 결혼과 함께 아이를 가져 그동안 미뤄왔던 공부를 다시 시작한 건 물론 남편의 동의하에서였다. 그때까지만 해도 남편은 다시 공부를 시작하기로 한 내 결정을 환영했다. 남편의 말에 당황한 나는, 들었던 찻잔을 떨리는 손으로 겨우 내려놨다.

"부모는 어차피 자식을 위해서 어느 정도 희생을 감수해야 하는 것 아니겠어? 그런데 우리 슬기는 보통 아이가 아니잖아. 나는 슬기의 재능이 최대한 빛을 볼 수 있도록 해주고 싶어. 그렇다면 최고의 레슨을 받아야 하는데 비용이 만만치가 않아. 앞으로 유학도 보내야 하고 말이야."

남편의 말에 나는 말없이 고개를 끄덕였다. 그 후로 남편과 나의 꿈은 같아졌다. 어린 슬기는 우리의 기대를 저버리지 않았다. 바이올린을 잡은 지 팔 개월 만에 모차르트의 바이올린 협주곡 제3번을 마스터했다. 이후 지금까지 아이는 언제나 우리를 기쁘게 했다. 남편과 나는 그 기쁨을 위해 열심이었다.

그런데 어느 날이었다.

"난 커서 만화가가 될래."

마치 큰 비밀이라는 듯 아이는 내 귀에 대고 속삭였다. 정말 뜬

금없는 소리였다. 하지만 아이의 눈은 어느 때보다 반짝였다. 큰 다짐이라도 하듯 작은 입을 앙다문 모습에 나는 그만 박장대소를 하고 말았다. 이 아이는 대체 만화가가 뭘 하는 사람인지나 알고 하는 말일까.

"아가씨. 가서 연습이나 하세요."

아이를 연습실로 밀어넣고도 쏟아지는 웃음을 주체할 수 없었다. 한참이나 배를 잡고 웃었다.

하지만 그 후부터 아이의 가방 속엔 어김없이 만화책이 들어 있었다. 요즘 아이들은 만화책을 돌려보는 것이 유행인가 보았다. 한때는 필통을 모으는 게 유행이고 어떤 땐 지우개를 모으는 게 유행이었다. 그때마다 아이의 책상에도 쓸모없는 필통과 지우개가 차고 넘쳤다. 아무리 하늘의 재능을 타고난 아이라도 어쩔 수 없는 모양이었다. 하지만 책상 속에 쓸모없이 잠자던 필통과 지우개들은 어느 날 지저분하다며 학교로 가져가 친한 아이들에게 나눠 줬다. 아이의 가방 속 만화책들도 곧 그렇게 버림받을 게 뻔했다.

"슬기야, 뭐 하는 거야!"

아이는 책상 위에 엎드린 채 잠들어 있었다. 내가 깨우는 소리에 눈을 비비며 겨우 몸을 일으켰다. 내 손이 아프도록 등을 후려쳐 놀랐을 텐데도 정신을 차리지 못하고 어기적거렸다.

"너 지금 이게 뭐 하는 거야!"

내 손엔 아이가 잠들기 전까지 그려놓은 그림들이 들려 있었다. 내 쏘는 눈빛과 달리 그림 속 주인공들은 해맑은 표정으로 나를 빤히 올려다봤다. 그저 한때의 유행이라 생각했는데, 만화책들은 시간이 지나자 더욱더 당당한 모습으로 아이의 책꽂이에 차곡히 쌓여 갔다. 나는 뒤늦게야 아이가 모은 용돈 전부를 만화책 사는 데 쓴다는 걸 알았다. 하지만 그저 만화책일 뿐이었다. 아이가 음악으로 받는 스트레스를 푸는 데도 도움이 될 거라는 생각에 개의치 않았다.

어느 날 새벽이었다. 벌써 잠들었어야 할 아이의 방문 틈에선 아직도 불빛이 새어 나왔다. 어쩐지 불길한 예감에 새벽 공기보다 더 서늘한 불빛을 따라 아이의 방문 앞에 섰다. 문을 여니 아이는 책상 위에 쪼그린 채 잠들어 있었다. 참 열심히도 그린 모양이었다. 책상 가득 그림들이 많이도 흩어져 있었다.

"엄마, 왜 그래?"

아이는 태연한 얼굴로 나를 올려다봤다. 천진한 아이의 눈빛과는 대조적으로 그림들이 그려진 노트를 든 나는, 무언가가 자꾸 치밀어 올라 간신히 꾹꾹 참는 중이었다.

"너, 이게 뭐야?"

내 손에서 위태롭게 흔들리는 노트를 본 아이는 그제야 알겠다는 듯 입가에 미소를 띠었다.

"엄마, 어때? 잘 그렸어?"

"뭐?"

"난 만화가가 될 거라고 했잖아."

난 폭발하기 직전이었다. 그대로 있다간 책꽂이의 만화책들까지 모두 갈기갈기 찢을 것만 같았다. 나는 얼른 책상에서 아이의 손을 끌어 와 침대 위에 눕혔다.

"슬기야, 자라. 그리고 다시는 만화책 보지 마."

나는 아이의 눈조차 마주치지 못했다. 겨우 빠져나온 말은 내가 듣기에도 애처로울 만큼 떨려 나왔다.

"난 만화가가 될 거라니까."

아이는 고집을 부렸다. 나는 다시 몸을 돌렸다. 알아듣게 설명을 해야 할 것 같았다.

"슬기야. 너는 음악가야. 그럴 수 있으면 좋겠지만 음악가는 만화가가 될 수 없어."

제발 내 말을 이해해 주길.

"바이올린은 그만 할래. 나는 만화가가 될 거야. 내 친구들이 내 그림 보면 좋아한단 말이야."

그대로 있다간 무슨 말이 나올지 몰랐다. 나는 서둘러 방을 빠져나왔다. 방문을 닫고 돌아서는데 눈물이 왈칵 쏟아졌다. 바이올린을 그만두다니. 생각만 해도 몸서리가 쳐졌다. 나는 고개를 세게 흔들었다. 속으로 이건 악몽이라고 끝없이 되뇌었다. 내일이면 아무 일 없었다는 듯 아이는 제가 무슨 말을 했는지조차 잊을 거라고. 그렇게 나를 달래며 어느때보다 더 지루하게 아침을 기다렸다. 다행히 다음날, 아이는 아무 말 없이 바이올린을 들고 레슨을 받으러 갔다.

하지만 며칠 후였다.

"슬기가 어디 아픈가요?"

수화기 저편의 송 교수의 목소리는 불쾌한 심기가 역력했다. 만약 슬기가 아프다거나 사정이 있어 레슨을 받지 못하는 상황이라면 이쪽에서 먼저 연락해 양해를 구해야 했다. 그는 유명한 바이올리니스트였고 오랫동안 외국 음대에서 학생들을 가르쳤다. 하지만 은퇴 후에는 개인 레슨을 잘 해주지 않기로 유명했다. 그가 특별히 맡아 지도해 주기로 한 건 슬기의 타고난 천재성 때문이었다. 해외에서도 인지도가 있는 사람이어서 그에게 지도를 받는 건 슬기에게 굉장한 행운이었다.

"죄송합니다. 제가 연락을 드렸어야 하는데 아이가 너무 아파서 정신이 없었어요. 정말 죄송합니다."

나는 정말 아이가 아프다고 생각하며 정중히 그리고 간절히 양해를 구했다.

"그렇게 아프다면야 할 수 없지요."

울먹이다시피 하는 내 목소리 때문일까. 송 교수의 목소리는 한결 부드러웠다.

그 후로 나는 아이를 혼자 두지 않았다. 내 생활은 아이의 시간표대로 돌아갔다. 그것이 아이를 위해서도, 나를 위해서도 최선이었다. 처음엔 잠시 노는 운동장까지 따라다니는 엄마 때문에 창피하다며 불만을 늘어놓던 아이도 차츰 적응하는 것 같았다. 하지만 아이도 나도 지쳐 있었다.

"우리 나가서 바람이나 쐬고 올까?"

아이는 오랜만에 웃으며 따라나섰다.

'네가 엉뚱한 짓만 안 하면 이렇게까지 하진 않아. 우리에게 네가 어떤 존재인지 아니? 이제 나는 없어. 너무나 많은 걸 포기했으니까. 난 커피 한 잔도 함부로 마시지 않아. 좋은 환경에서 너에게 음악 공부를 시켜야 하니까. 너희 아빠 퇴근해서도 부업으로 번역거리를 한 아름이나 안고 와. 다름 아닌 너를 위해서. 그런데 아직도 마음 아픈 건 우리는 너에게 모든 걸 쏟기 위해 너의 동생도 포기했다는 거야.'

쇼핑을 마치고 광화문에 있는 이탈리아 식당에서 아이가 좋아하는 피자를 먹었다. 식사를 마치고 나오니 아이는 곧장 눈에 보이는 아이스크림 가게로 뛰어들었다. 그 천진함에 절로 웃음이 났다.

아이는 씹을 때마다 톡톡 터지는 사탕이 박힌 아이스크림을 골랐다. 아이스크림을 받아들고 나온 아이는 서점에 가자고 했다. 만화책을 보겠다는 심산이란 걸 알았지만 다른 곳도 아닌 서점에 가겠다니 안 된다고 말하기도 어려웠다. 지하도로 내려가려는데 아이가 후두둑 광장으로 내달렸다.

"우와! 노란 리본이다!"

그때까지도 그저 텔레비전에서나 보던 풍경이었다. 광장엔 여전히 노란 리본이 가득했다. 그리고 천막 속의 사람들도 여전했다. 하나같이 아직도 슬픔을 떨치지 못한 얼굴이었다. 아니 시간이 갈수록 더해진 슬픔과 분노와 좌절이 켜켜이 쌓인 얼굴. 나는 아이의 손을 잡곤 걸음을 빨리 했다. 아이는 천막 속 사람들에게서 눈을 떼지 않았다. 그제야 아이의 머리에 노란 리본이 눈에 들어왔다. 왜 하필 그걸 달아줬을까. 후회가 밀려들었다. 손을 뻗어 얼른 떼어 버리고 싶었다. 하지만 곱게 빗은 머리가 흐트러질 것 같았다. 입술을 물며 뻗은 손을 도로 내렸다.

갑자기 섬뜩한 기운이 몸을 덮쳤다. 눈물마저 마른 천막 속 여인의 눈. 그 퍽퍽한 눈이 광장을 가로지르는 아이와 나를 따라오고 있었다. 노란 리본이 신기해 껑충껑충 걷던 아이의 걸음이 갑자기 뚝 멈췄다. 그냥 모른 척 지나치려던 나는 뒤처져 걸음을 멈춘 아이의 곁으로 가기 위해 왔던 걸음을 돌려야 했다. 아이는 천막 속의 여인을 바라보고 있었다.

"엄마, 여기 왜 사람이 많아?"

하지만 나는 아이의 물음에 답할 수 없었다. 아이스크림 하나에 행복해하는 아이에게 어떤 말을 할 수 있을까. 빨리 아이를 데리고 벗어나야겠다는 생각뿐이었다. 빨리 천막 속 여인의 퍽퍽한 눈에서 벗어나고 싶었다. 자식을 잃은 여인의 눈이었다. 여인이 아이를 보는 것만으로도 어쩐지 가슴 한 곳이 서늘해지며 불길했다.

"제발 슬기야, 가자!"

나는 아이의 팔을 필사적으로 잡아끌었다. 아이는 마지못해 끌려오면서도 자꾸 뒤를 돌아봤다. 그렇게 여인의 눈에서 벗어났다 싶을 때였다. 아이가 갑자기 내 손을 뿌리치곤 뛰기 시작했다. 또 무슨 일일까. 짜증으로 울고 싶은 심정이었다. 나는 아이의 뒤를 따랐다. 하지만 아이는 얼마 못 가 다시 걸음을 멈췄다.

나도 걸음을 멈췄다. 그제야 아까부터 바이올린 소리가 들려왔던 걸 깨달았다. 걸음을 멈춘 아이와 내 눈앞엔 연미복을 입은 남자가 바이올린을 켜고 있었다. 그 사고로 희생된 영혼들을 위해 팝페라 가수가 부른 곡이었다. 그 진혼곡 앞에서 아이는 바이올린을 켜는 악사의 손을 뚫어져라 바라봤다. 몸에 맞지 않는 연미복은 허름하고, 나비넥타이가 걸린 셔츠는 때가 꼬질꼬질했다. 덥수룩한 수염과 머리. 연주 또한 서툴고 조잡했다.

나는 아이의 팔을 다시 잡아끌었다. 아이의 눈을 가리고 귀를 막고 싶은 심정이었다.

"저 아저씨, 왜 여기서 연주해?"

아이는 이번엔 순순히 따라왔다. 하지만 끊임없이 질문을 퍼부었다.

"연주는 홀에서 하는 거잖아."

"사람도 없는데 누구 들으라고 해?"

어느덧 우리는 서점 앞에 서 있었다. 알 수 없는 두려움과 불안과 화가 섞인 나는 소리쳤다.

"연습을 안 했으니까. 저 아저씬 연습을 안 해서, 홀에서 연주할수 없어서 저기서밖에 못해. 그러니까 너는 그러면 안 돼. 알았지?"

느닷없이 날카롭게 튀어나온 내 말에 아이는 곧 울음이라도 터트릴 것 같은 얼굴이 됐다.

"들어가자. 초콜릿과자 사줄게."

어느새 아이의 손에 들린 아이스크림은 껍질뿐이었다. 평소라면 아이스크림을 먹은 후 초콜릿을 주는 건 있을 수 없었다. 하지만 나는 비상사태라고 생각했다. 초콜릿이란 말에 아이는 다시 껑충 껑충 뛰며 커다란 유리문을 밀었다.

"아이를 찾습니다. 열 살 여자아이고요. 머리에 노란 리본을 달았습니다."

안내 방송이 나왔다. 아득한 정신에 노란 리본이라는 말만 튀어올라 귀를 찔렀다. 다시 눈앞에 노란 물결이 일렁였다. 곧이어 광장에서 본 여인의 퍽퍽한 눈이 거대한 파도처럼 흘러들었다. 왠지 모를 죄책감이 여인의 눈을 뒤따랐다. 자식을 잃은 여인 앞에서도 속으론 내 아이는 특별하다고 자랑스러운 마음이 들던 나였다. 그런 오만함이 결국 사달을 낸 걸까. 자꾸 끼쳐오르는 불안으로 나는 다시 몸서리쳤다.

배가 가라앉던 날 나는 슬기의 새 드레스를 보러 백화점에 갔었다. 들어갈 땐 전원 다 구조라고 했는데 나오니 세상이 온통 난리였다. 배와 함께 가라앉은 아이들은 다시 물 밖으로 나오지 못했다. 아이를 가진 부모 입장에서 텔레비전에 사연이 소개될 때마다 울고 또 울었다.

그날도 한 다큐멘터리에선 시신이라도 찾기를 바라며 항구를 떠나지 못하는 부모들의 사연이 방영되고 있었다. 안타까운 사연에 나도 모르게 또 눈물을 훔쳤다.

"저것 좀 꺼버려라!"

갑자기 시어머니의 불호령이 날아들었다. 큰 잘못이라도 한 듯 떨리는 손으로 허둥지둥 리모컨을 찾았다. 겨우 전원 스위치를 누르자 항구의 사연들은 텔레비전의 검은 화면 속으로 사라졌다. 항구와 단절되자 그제야 그곳이 시댁이었음을 깨달았다. 남편이 오랜만에 저녁이나 먹고 오자기에 따라나선 참이었다.

"하필 이때 세상이 이렇게 시끄러워서는……."

한때 국영 기업체의 사장이었던 시아버지는 어느 날 정치판에 뛰어들었고 재선에 성공했다. 이후 당의 중추적 역할을 자처해 오던 그는 곧 있을 지방 선거의 필승을 위한 중책을 맡았다. 선거를 앞두고 있던 시댁에선 그 사건으로 선거에 악영향이라도 미칠까 전전긍긍이었다. 눈물 없이 볼 수 없는 안타까운 사연들을, 배와 함께 가라앉은 아이들을, 그리고 시신이라도 찾기를 기다리는 항구의 부모들을 보며 시댁은 선거의 유불리만을 생각하고 있었다. 그런 시댁 사람들이 역겨워 몸이 아프다는 핑계로 서둘러 시댁을 나왔다. 저녁만 겨우 먹고 일어서는 나를 못마땅하게 바라보던 시어머니도 핏기가 걷혀 허연 내 얼굴을 보곤 어쩌지 못했다. 틈틈이 다니며 일을 도우라고 했지만 이리저리 핑계를 대며 시댁에 가지 않았다.

"슬기 좀 보내라."

그런데 어느 날 전화가 왔다. 특유의 퉁명스러운 말투로 시어머니는 다짜고짜 아이를 찾았다. 처음엔 무슨 말인지 알 수 없었다. 그때까지 시댁 식구들 모두 아이에게 따뜻한 눈길 한번 주지 않았다. 세상이 아무리 신동이라 칭송해도 살가운 눈길 한번 주지 않던 그들이었다. 어쩌다 초대된 가족 모임에 데려가도 마찬가지였다.

곁에 있던 다른 사람들이 신기한 듯 힐끗대도 시댁에선 그것 또한 못마땅해했다.

"어떻게 그러실 수 있어?"

남편의 잘못이 아니란 걸 알았다. 하지만 화가 주체할 수 없이 치솟을 때면 나도 모르게 남편에게 원망을 쏟아냈다.

하지만 남편은 나를 위해, 아이를 위해 최선을 다하는 사람이었다. 그 대단한 집안의 반대를 무릅쓰고 나와의 결혼을 강행했고 많은 걸 포기했다. 집안에선 거의 내쳐지다시피 한 남편에겐 늘 미안한 마음이었다. 시댁에 발을 들여놓을 수 있었던 것도 아이가 세 살 무렵부터였다. 정치판에 뛰어든 시아버지에게 화목한 가족의 모습이 필요했기 때문이었다. 하지만 그들은 누구 하나 우리를 가족으로 대하지 않았다. 그런데 아이를 보내라니. 갑자기 아이가 보고 싶어지기라도 한 걸까. 시어머니의 말을 이해하지 못한 나는 대답도 못한 채 다음 말을 기다려야 했다.

"차 보낼 테니 예쁘게 입혀놔. 그리고 바이올린 들려서 보내라."

드디어 시댁에서도 아이가 자랑거리가 된 거라 생각했다. 다소의 불안감이 없지 않았지만 나는 아이를 최대한 정성을 다해 꾸며 차에 태워 보냈다. 그리고 그 일은 정기적인 일이 됐다.

처음엔 좋은 차를 탄다며 신나 하던 아이는 점점 시큰둥하더니 급기야 어느 날 말했다.

"나 안 가면 안 돼?"

그제야 선거를 위해 아이를 동원한다는 걸 알았다. 아이는 각종 자선 행사와 출판 기념회, 그리고 외교 사절의 환영 만찬에서 연주를 해야 했다.

"어머님, 아이가 가기 싫다고 하네요."

곧 시어머니의 불호령이 떨어졌다.

"정신이 있냐 없냐! 지금 뭐라도 해야 할 것 아니야! 그놈의 배가 가라앉는 바람에 판이 위태롭다고!"

시댁에 기대할 것이 없다고 생각했는데 나는 어쩔 수 없이 아이를 보내고 말았다. 어쩌면 아이를 최고로 만들기 위해 시댁의 힘이 필요할지도 몰랐다. 아무리 노력해도 우리 부부에겐 아이를 유학 보낼 힘도, 명품 바이올린을 사줄 능력도 생길지 의문이니까. 나는 싫다고 입이 나온 아이를 떠밀어 다시 차에 태워 보냈다. 바이올린과 함께.

나를 매장 한 곳으로 데려간 직원들은 간이 의자 하나를 가져와 앉혔다. 신고했으니 경찰이 올 거라고 했다. 아무리 찾아도 아이는 없었다. 서점 안에 없는 건 확실하다고 했다. 매장에 없다는 말에 내 손이 파르르 떨리자 여직원 하나가 내 손을 잡으며 CCTV를 확인 중이라고 했다.

"조금만 기다리시면……."

그런데 그때였다. 양복을 입은 나이 지긋한 남자와 유니폼을 입은 여자 직원 한 명이 젊은 남자와 함께 뛰어오는 게 보였다.

"이분이 아이를 본 것 같다는데요."

나는 빠르게 그리고 간절하게 직원과 함께 온 남자를 바라봤다.

"노란 리본을 단 여자아이. 지금 들어오기 전에 밖에서 봤어요. 광장에서."

말이 떨어지기 무섭게 정신없이 뛰기 시작했다. 육중한 유리문을 단숨에 밀어젖히곤 광장으로 내달렸다. 그동안에 사람들이 더욱 많이 모여 있었다. 그렇게 광장으로 모인 사람들은 한 곳에 모여 뭔가에 눈을 박고 있었다. 천막 쪽이었다. 그저 무심히 지나치던 사람들이 웬일인지 천막 주변에 몰려 있었다. 갑자기 사람들의 발길을 붙든 게 뭘까. 아이를 찾겠다는 마음에도 그들이 보는 곳을 보고 싶은 심정이었다. 아니 한편으론 내 아이가 사라진 것은 안중에도 없이 무언가에 열중해 있는 그들이 미워 견딜 수 없었다. 달려가 사람들에게 소리치고, 모인 사람들을 흩트려 놓고 싶었다. 하지만 아이를 찾아야 했다. 나는 사람들이 모인 곳에 달려가 훼방을 놓고 싶은 악의를 애써 누르며 광장을 둘러봤다. 아이가 있을 만한 곳이 어디일까.

그런데 그때였다. 연주 소리가 들렸다. 바이올린 소리였다. 나는 아이가 호기심을 보이던 악사를 떠올렸다. 아이가 있을 곳을 찾은 듯 환한 빛이 머리를 쳤다. 나는 사람들이 모인 곳을 외면한 채 악사가 있던 광장 한 곳으로 발을 돌렸다. 하지만 걸음을 멈춰야 했다. 멀리에 광장을 가로지를 때 본 악사가 있었다. 허름한 연미복에 때에 전 셔츠가 멀리서도 눈에 거슬렸다. 하지만 그는 연주하지 않았다. 바이올린도 없었다. 그의 손엔 바이올린 대신 햄버거가 들려 있었다. 며칠을 굶은 사람처럼 들고 있는 햄버거를 크게 베어 물곤 성에 안 차는지 감자까지 쑤셔 넣었다. 그런데도 어디선가 바이올린 소리가 들렸다. 또 다른 악사가 있을까. 식사 시간이 돼 교대라도 한 걸까. 햄버거를 먹던 악사가 감자를 다시 한 움큼 입속에 쑤셔 넣으며 흐뭇한 얼굴로 사람들이 모인 곳을 바라봤다. 저곳에 대체 뭐가 있을까. 희망과 두려움이 동시에 밀려들었다. 한발 한발 힘겨운 걸음을 뗐다.

걸음을 옮길 때마다 바이올린 소리가 더 또렷하게 다가왔다. 귀에 익은 연주였다. 걸음을 빨리 했다. 사람들을 헤집고 앞으로 나아갔다. 내가 앞으로 나갈 때마다 자리를 뺏긴 사람들은 나를 노려봤다. 이제 광장 쪽엔 눈길도 주지 않던 사람들이었다. 천막을 보며 이제 그만하라고 소리치던 그들이었다. 그런 사람들이 천막 주변에 모여 있었다. 앞으로 나가는 나를 노려보며 자리를 빼앗기기 싫다는 얼굴로.

내게 눈총을 주던 사람들을 나는 장벽을 깨부수듯 밀치며 어느덧 가장 맨 앞에 서 있었다. 그런 내 눈앞에 아이가 있었다. 등을 돌린 채였지만 아이가 분명했다. 머리의 노란 리본이 마지막 물음에 확실하다는 표식처럼 반갑게 흔들렸다.

"슬기야, 장슬기……."

눈물과 함께 아이의 이름이 날숨이 돼 빠져나왔다. 하지만 아이의 이름은 광장의 공기 속에 금세 흡수됐다. 아이의 귀에도 곁에 있던 사람들의 귀에도 닿지 않았다.

"저기, 저……."

뒤늦게 달려온 서점 직원들이 아이를 손으로 가리켰다. 그들도 사람들의 눈총을 받으며 모인 사람들을 밀치며 왔을 터였다. 하지만 그들의 외마디 소리도 광장의 공기에 곧 빨려들었다. 순간 광장엔 아이의 바이올린 소리만 허락된 것 같았다.

바이올린은 싫다던 아이가 제 스스로 사람들 앞에서 연주하고 있었다. 아이의 연주는 천막 속을 지나 광장 이곳저곳에 울려 퍼졌다. 아이의 연주는 퍽퍽한 여인의 눈동자에도 닿았다. 연주가 닿자 여인의 눈에서 눈물이 다시 솟아올랐다. 슬픈 눈이었다. 하지만 전에 본 눈과는 달랐다. 슬프지만 온기가 담긴 눈이었다. 위로받고 위로할 수 있는 눈이었다. 아이의 연주가 천막 속에 스밀 때마다 온기 또한 스미리라는 걸 알 수 있었다.

나는 그제야 내가 몰랐던 아이의 연주의 힘을 알 수 있었다. 그
동안 느끼지 못했던 엄청난 힘에 놀라고 놀라웠다. 그동안 그 힘도
제대로 알지 못한 채 신동 소리만으로 만족했던 어리석음이 부끄
러웠다. 어이가 없었다.

그런데 아이는 어떻게 깨달았을까. 자신의 재능이 사람들을 위
로할 수 있다는 걸. 자신의 연주가 얼마나 큰 힘을 발휘할 수 있는
지를. 눈물이 솟구쳤다. 웃음이 빠져나왔다. 안도감이 밀려들었다.
아이의 연주는 어느덧 절정을 향해 치닫고 있었다. 잔잔하던 연주
가 파도가 되고 폭풍처럼 휘몰아치자 사람들은 곧 격랑 속으로 빨
려들었다. 누구 하나 그 파도 속으로 몸을 던지는 걸 주저하지 않
았다.

연주가 멈췄다. 사람들이 박수를 쳤다. 아이도 흥분하고 있었다.
제가 어떤 능력을 갖고 있는지 똑똑히 본 듯했다. 그런 아이라면
이제 더 이상 만화가가 될 거라는 엉뚱한 말은 하지 않을 것 같았
다. 사람들 속에서 나도 박수를 쳤다. 환호성이라도 터질 것 같았
다. 나는 그렇게 아이가 바이올린을 놓지 않을 것 같아 기뻤다.

눈물을 흘리던 여인이 다가와 살며시 아이를 안았다. 여인의 손
이 아이의 머리를 쓸었다. 아이의 머리 위의 노란 리본이 바람에
휘날렸다. 광장에도, 그 순간의 항구에도 여전히 휘날릴 노란 리본
이었다. 하지만 나는 아이의 머리 위에서 나풀대는 노란 리본은 세

86

상에서 가장 특별한 것이라 생각했다. 그런 생각을 하는 내가 몸서리치게 싫었지만, 나는 여전히 박수를 쳤다. 사람들 속에서도 뜨거운 박수가 터져 나왔다.

고양이를 돌보는 시간

수정 씨는 언제나 고양이를 안고 있었다. 흰색 털이 발까지 늘어진 페르시아고양이였다. 쭉 뻗은 몸매와 꼿꼿이 선 꼬리, 한눈에도 도도해 보이는 게 값 꽤나 나가겠거니 했다. 하지만 그래도 그렇게 비쌀 줄이야.

고양이 몸값이 비싼 건 짝짝이 눈 때문이라고 했다. 녀석은 희한하게도 한쪽은 보라색, 한쪽은 초록색 눈을 갖고 있었다. 어딘가 잘못된 게 분명했지만, 요상하게 번쩍이는 짝눈이 값이 올라간 이유인 모양이었다.

물론 무림식품은 그렇게 크지 않은 회사였다. 그래도 명색이 사장 비서가 사무실에서 종일 고양이나 만지작거리다니. 그런데 알고 보니 수정 씨는 사장의 하나뿐인 딸이라고 했다. 드라마 같은데서 보면 사장의 외동딸은 회사의 중요 부서에서 경영 수업을 받게 하던데. 그런데 하나밖에 없는 딸을 비서실에 앉혀 놓고 커피 심부름이나 시키고 고양이나 만지작거리게 하다니. 처음엔 이해가 안 됐지만 수정 씨를 알면 알수록 그렇게밖에 할 수 없는 사장의 마음을 알 것 같았다. 겉으로 보기엔 더없이 똑똑하고 지적으로까지 보이지만 보기와는 다르게 그녀는 심하게 맹했다.

우리 화원은 무림식품 건물 1층에 있었다. 그래서 무림식품의 꽃장식은 우리 화원이 도맡았다. 사장실로 꽃 배달을 가는 건 언제나 내 몫이었고 그렇게 수정 씨와는 거의 매일 얼굴 보는 사이가 됐다. 우리 주인아줌마는 그날 분위기에 맞게 장식한 화병을 내 손에 들려 사장실로 올려 보냈다.

아줌마는 나이가 있긴 하지만 상당한 미인이었다. 우리 주인아줌마와 사장 사이엔 분명 무슨 썸씽이 있는 게 틀림없다. 안 그러면 세를 그렇게 싸게 줄 수는 없다. 혹 무슨 썸씽이 없다고 해도 사장이 우리 아줌마를 마음에 둔 건 분명하다. 손님도 별로 없는 사장실에 굳이 꽃을 매일 새것으로 꽂는 걸 보면.

그러고 보면 여자는 일단 예쁘고 볼 일이다. 사람들은 예쁜 여자가 떴다 하면 무조건 잘해 주고 본다. 그러니 수정 씨가 머리는 좀 떨어져도 그런 대단한 약혼자가 있는 것도 무리는 아니다. 한 번도 보진 못했지만 수정 씨의 약혼자는 뉴욕 유학파로 H사의 후계자인 데다 모든 여자들이 한눈에 반할 만큼 얼굴까지 천재라는 소문이었다. 그러고 보면 수정 씨가 고양이나 만지작거리며 시간을 보내는 것도 다 믿는 구석이 있기 때문이다.

아침에 배달을 이미 다녀왔건만 한 시간쯤 지나 수정 씨가 다시 나를 불러올렸다. 급하게 쓸 데가 있으니 꽃바구니를 하나 만들어 오라고 했다. 나는 장미와 백합, 튤립이 섞인 꽃바구니를 들고 비서실 문을 열었다.

"어머, 혜원 씨. 루비 좀 봐줘. 얘가 한눈팔면 밖으로 나가서 이리저리 휘젓고 다니거든."

어떻게 들고 온 꽃인데 다짜고짜 고양이를 안기는 통에 그만 들고 있던 바구니를 바닥에 놓치고 말았다. 내 손을 빠져나간 바구니는 바닥에 떨어져 구석까지 굴러갔다. 그 바람에 청소 아줌마가 걸레질로 윤이 나게 닦아 놓은 대리석 바닥은 떨어진 꽃잎으로 순식간에 엉망이 됐다. 수정 씨는 잠시 미안하다는 듯 웃어 보였지만 그뿐이었다.

"사거리 백화점에 오늘 론칭하는 원피스가 있거든. 한정판이라 없어지기 전에 가야 하는데 루비 맡길 사람이 있어야지."

그녀는 얼른 핸드백을 어깨에 걸치곤 뒤도 안 보고 비서실을 나가버렸다. 바닥엔 아줌마가 정성 들여 만든 꽃바구니가 여전히 나뒹굴고 있었다. 어쩐지, 수정 씨가 따로 꽃을 주문할 때부터 알아봤어야 했다.

얼마 후 주인아줌마에게서 전화가 왔다. 예상대로 왜 이리 안 오냐며 짜증을 냈다. 수정 씨가 고양이를 맡겨 갈 수 없다고 하자 아줌마는 화를 내려다 그만뒀다. 아무리 그래도 우리 화원은 수정 씨와 사장이 아니면 안 된다. 체념한 아줌마는 나간 김에 아예 점심까지 먹고 오라고 했다.

백화점에 간 수정 씨는 점심시간이 지나도록 나타나지 않았다. 나는 그때까지 수정 씨의 자리에 앉아 고양이와 함께 놀았다. 내가 저만치 공을 굴리면 녀석은 공을 따라 이리 뛰고 저리 뛰었다. 애완용 빗으로 털도 빗기고 통조림을 뜯어 간식도 먹였다. 그러다가 녀석은 이내 내 품에 안겨 잠에 빠져들었다. 고양이는 개와 달라 사람을 잘 따르지 않는다던데, 이놈의 고양이는 어떻게 된 게 나만 보면 헤어졌던 가족이라도 만난 듯 착 안긴다. 도도하게 생긴 외모와는 달리 붙임성이 좋다 싶었다. 하지만 그것도 아니었다.

"어머, 루비가 어쩌면 이렇게 혜원 씨를 잘 따르지?"

처음 꽃 배달을 갔을 때 고양이가 나에게 덥석 안기는 걸 본 수정 씨는 아이라인을 짙게 그린 눈을 휘둥그렇게 떴다. 갑자기 달려드는 고양이 때문에 놀라긴 했지만 내게만은 도도하게 치솟은 꼬리를 내리고 순하게 굴어 곧 나도 녀석이 좋아졌다. 하지만 그게 화근이었다. 나는 이제 소속이 불분명하게 느껴질 정도였다. 내 일터는 분명 '아름답다 화원'이지만 가장 많이 하는 일은 고양이 돌보기였다. 그렇다면 이 길로 한번 나서볼까. 그런 내 생각을 알았는지 잠에서 깨 바닥에서 공을 갖고 놀던 녀석이 달려와 다시 덥석 안겼다.

"아무도 안 계십니까?"

루비가 내 품에 안기는 것과 동시에 사무실 문이 열렸다. 노크도 없이 들어선 남자는 내 얼굴을 보면서도 그렇게 물었다.

"예, 잠시 자리를 좀……."

사무실을 지켜본 적은 수도 없이 많지만 사람이 찾아오는 경우는 드물었다. 있다면 십중팔구는 사무용품 등을 파는 영업 사원들이다. 하지만 노크도 없이 들어선 남자는 물건을 팔러 온 사람으로 보이지 않았다. 훤칠한 키에 윤기 나는 슈트, 카리스마 넘치는 눈빛까지. 그가 들어선 순간 사무실이 다 환해질 지경이었다. 고양이도 반한 걸까. 내 품에 있던 녀석이 펄쩍 몸을 날려 남자의 품에 착 안겼다.

"잘 있었니, 루비야? 오랜만이지?"

고양이는 남자와 안면이 있는 모양이었다. 남자는 헤어졌던 피붙이라도 만난 듯 반갑게 고양이의 머리를 쓸었다. 하지만 녀석은 새침하게 고개를 돌리더니 밀당의 고수처럼 다시 내게로 날아왔다.

"루비가 이렇게 잘 따르는 사람은 처음인데요. 혹시 고양이 키워요?"

남자는 내 품에 안긴 고양이와 나를 번갈아 보며 신기해 죽겠다는 얼굴이었다. 나는 고개를 저었다. 고양이라니. 식구들도 모두 뛰쳐나간 집에 고양이는 무슨.

"그런데 어떻게 이 녀석이 이렇게 잘 따르지요?"

혹시 내가 전생에 고양이였던 건 아닐까, 왠지 기분이 묘했다. 남자는 곁으로 다가와 내 품에 안겨 있는 고양이를 손으로 쓰다듬었다. 녀석은 역시 도도한 눈으로 남자의 손을 쳐다보고는 새침하게 내게 얼굴을 묻었다.

그런데 남자가 내 품에 안긴 고양이를 쓰다듬을 때였다. 남자의 몸에서 훅 날아든 향기가 코를 찌르는가 싶더니 찌릿찌릿 몸에 전기가 끼치며 가슴이 덜컹 요동치는 것이다. 그제야 알았다. 그가 바로 그 소문의 얼굴천재 약혼자라는 걸.

"왔어요?"

고개를 돌리니 문 앞에 수정 씨가 커다란 쇼핑백을 들고 서 있었다. 명품 로고가 선명한 황금색 봉투였다. 나는 뒤로 주춤 물러섰다. 멈췄던 숨이 한꺼번에 빠져나가는 바람에 잠시 숨을 헐떡거려야 했다.

"루비야, 잘 있었어?"

그녀는 얼른 쇼핑백을 내려놓고 내게서 고양이를 받아 안았다. 이놈의 회사는 어떻게 된 게 사람은 안중에도 없이 고양이가 늘 먼저다. 덕분에 나는 오늘도 오전 내내 고양이와 함께 빈둥거릴 수 있었지만 말이다.

이제 고양이 주인도 왔겠다, 다시 나의 일터로 돌아갈 시간이었다. 뭐 인사 같은 걸 따로 챙길 사이도 아니어서 조용히 문을 열고 나오는데 남자의 음성이 덜컥 뒷덜미를 잡았다.

"이름이 뭐예요?"

나는 얼어붙은 듯 잠시 머뭇거렸다.

"아니 루비가 그렇게 잘 따르는 사람을 본 적이 없어서요."

박혜원이라는 이름을 말한 건 수정 씨였다. 그녀는 내가 있어서 그녀에게 얼마나 도움이 되는지도 말했다. 남자는 언제 한번 식사라도 해야겠다며 환하게 웃었다. 하지만 정작 점심을 먹으러 갈 때는 고양이만 데려가려는 모양이었다. 나는 점심 메뉴를 의논하는 두 사람을 뒤로 한 채 사무실을 빠져나왔다.

그 후에도 수정 씨는 종종 내게 고양이를 맡긴 채 외출을 했다. 사장이 나올 때는 드물었으므로 텅 빈 사무실엔 고양이와 나만 있는 시간이 많았다. 더러는 직원들이나 약속하지 않은 손님들이 들어서기도 했다. 노크 소리가 들리면 나는 습관처럼 가슴이 덜컹 요동치곤 했다.

하지만 그날 후로 남자는 다시 오지 않았다. 그가 또 문을 열고 나타나지 않을까 기대하는 마음이 들 때마다 머리를 세게 쥐어박았다. 점점 불길한 예감이 밀려들었지만 나는 다시는 짝사랑 같은 건 안 할 생각이다. 지금의 내게 짝사랑이라니. 더구나 상대는 스펙 재벌의 얼굴천재가 아닌가. 시골로 내려간 아빠는 이웃집 과부와 살림을 차린 지 오래고 엄마는 춤바람이 나 외박을 밥 먹듯 하기 일쑤다. 어디 그뿐인가. 하나뿐인 오빠는 취업 준비를 한다는 명목으로 고시원에 틀어박혀 코빼기도 비치지 않았다. 그런 내가 짝사랑이라니. 개가 들어도 웃을 일이다. 못 올라갈 나무는 쳐다보지 않는 게 상책이다. 고개 빳빳이 들고 쳐다보다간 결국 목만 부러지고 말 뿐이다. 우리 가족에게 그런 일은 한 번이면 족했다.

오빠는 그때 졸업을 앞두고 있었다. 남들은 졸업하고도 몇 년씩 백수 신세를 못 면한다는데 오빠는 졸업도 하기 전에 그 들어가기 어렵다는 공기업에 당당히 입사했다. 처음엔 인턴이지만 입사 성적이 좋아 문제만 일으키지 않으면 정직원이 되는 건 기정사실이라고 했다.

오빠의 취업과 더불어 겹경사도 터졌다. 엄마가 오빠 이름으로 아파트 청약을 신청해 당첨된 것이다. 아빠는 오랫동안 준비해 온 엄마에게 여간 고마워한 게 아니었다. 그건 엄마가 여태 병원 식당에 다니며 일한 덕분이었다. 그렇지 않았다면 자동차 부품 공장에서 늙어가는 아빠의 능력만으론 어림도 없는 일이었다. 비록 24평짜리 변두리 아파트에, 앞으로 들어갈 돈도 많았지만, 엄마 아빠 입에선 웃음이 끊이질 않았다. 집도 준비했으니 이제 좋은 여자만 있으면 된다며. 아닌 게 아니라 벌써부터 동네에선 선이 들어오는 모양이었다. 내가 봐도 오빠 정도면 일등 신랑감이었다. 하지만 오빠는 죽어도 선은 보지 않겠다고 했다. 처음엔 연애를 해도 인턴 딱지라도 떼고 하려는 줄 알았다. 그런데 알고 보니 기특하게도 오빠는 이미 알아서 연애 중이었다.

그러고 보니 언제부턴가 오빠가 좀 이상하긴 했다. 공부에 집중하겠다며 늘 후줄근하던 오빠가 아침이면 내게 티셔츠를 다리라고 했다. 내가 못하겠다고 했더니 용돈까지 슬쩍 찔러 줬다. 오빠는 일찍부터 과외 아르바이트로 짭짤한 수입을 올리고 있었다. 전공인 철학과가 아닌 부전공인 영문과생으로 속여 훨씬 좋은 대접을 받았다. 가끔 오빠의 셔츠에선 향수 냄새도 났다. 갑자기 머리를 파마해 기겁하게 하질 않나, 아무튼 연애의 낌새를 안 맡으려야 안 맡을 수 없게 온갖 티는 다 내고 다녔다.

"오빠, 여자 생겼어?"

온갖 티는 다 내면서도 오빠는 내 말에 웃기고 있네, 하며 시치미를 뗐다. 하지만 내가 누군가. 이제 취직도 했으니 못할 것도 없다며 엄마에게 달려가 오빠의 낌새가 오래전부터 이상했음을 알렸다. 예상대로 엄마는 곧장 오빠를 불러 앉혔다. 엄마에게 불려온 오빠는 내게 눈을 부라렸다.

엄마에게만큼은 오빠도 어쩌지 못했다. 처음엔 시치미를 떼더니 서서히 불기 시작했다. 여자는 오빠 학교 후배라고 했다. 이름은 서윤주요, 나이는 오빠보다 세 살 어렸고 집은 대구였으며 서울에 혼자 올라와 자취를 하는 중이었다. 그럼 그렇지. 시치미를 떼던 오빠 입에서 여자에 대한 모든 것이 술술 나오자 나는 뿌듯하기 그지없었다. 하지만 거기서 그칠 엄마가 아니었다. 엄마는 결국 오빠의 핸드폰을 빼앗아 고이 모셔 둔 여자의 사진까지 찾아냈다. 사진을 본 엄마는 흡족해했다. 내가 보기엔 얼굴이 너무 커 보름달이 뜬 것 같은데 엄마는 그런 얼굴이 복 있는 얼굴이라며 벌써부터 역성을 들었다.

하지만 정작 우리가 놀란 건 아빠가 오고 나서였다. 마침 퇴근을 한 아빠에게 엄마는 오빠에게 맘에 드는 여자가 생긴 사실을 알렸다. 아빠도 흡족해했다. 하지만 아빠는 역시 가장다웠다. 잠시 뭔가를 생각하는 것 같던 아빠는 일등 신랑감인 오빠에게 어울릴 여자인지 봐야 한다며 여자의 집안에 대해 물었다. 집안까진 생각지 못했는데, 아빠의 그 신중함에 우리는 모두 감탄하지 않을 수 없었다.

"실은 으뜸건설이라고 대구에 기반을 둔 회산데 거기 대표가 아버지예요."

집 안엔 잠시 침묵이 흘렀다. 침묵을 깬 건 아빠의 목울대를 치며 넘어가는 마른침 소리였다. 뭔가 할 말을 찾던 우리들은 하지만 말없이 각자의 방으로 흩어졌다.

방으로 들어온 나는 우선 침대 위에 팔을 베고 누웠다. 으뜸건설, 나야 뭐 그게 어떤 회산지 관심 밖이다. 하지만 중요한 건 그 회사의 사장이 여자의 아버지란 사실이었다. 올케 될 사람이 사장 딸이라니. 왠지 벌써부터 걱정이 됐다. 부잣집 딸이라고 시누이 무시나 하고 그러면 한 대 팰 수도 없고 여간 골칫거리가 아닐 테니까. 하지만 생각해 보니 꼭 그리 나쁘지만은 않을 것 같았다. 사장 외동딸이니 오빠에게 회사를 물려줄 건 뻔하고, 그러면 사장 오빠를 둔 나도 덩달아 값이 좀 오르지 않을까.

그런 상상 끝에 소리 죽여 웃던 나는 갑자기 희영 오빠가 생각났다. 나는 희영 오빠 때문에 성당에 나가기 시작했다. 희영 오빠는 한 마디로 엄친아다. 집안 좋고 인물 좋고 학벌까지 좋은. 아마 우리 성당 여자들의 상당수는 오빠 때문에 성당에 다닌다고 해도 과언이 아닐 것이다. 오빠가 사장 딸과 결혼만 하면 희영 오빠에게 한번 대시해 봐야지. 나는 그만 참고 있던 웃음보가 터지고 말았다.

엄마는 서윤주를 몹시 만나고 싶어 했다. 아직 인턴이니 대놓고 혼담을 논할 수는 없어도 확실히 찜이라도 해두고 싶은 것 같았다. 엄마는 오빠에게 한번 데려오라고 은근히 압력을 넣었다. 하지만 그러면 상대가 부담스러워할 거라는 아빠의 말에 엄마는 욕심을 애써 자제했다.

그런데 어느 날이었다. 인턴 사원 연수에 다녀온 오빠가 다리를 다쳤다며 오자마자 그대로 뻗어 버렸다. 데이트를 해야 하는 주말과 휴일을 방구석에서 보내야 하기 때문일까. 어디가 부러진 것도 아닌데 연휴 내내 집 안을 기어 다니며 괜히 모든 게 내 탓이라는 듯 나만 보면 짜증을 냈다. 다리도 다쳤겠다, 이참에 오빠고 뭐고 한바탕 들이받을까 궁리하던 나와는 달리 엄마는 드디어 서윤주를 집에 끌어들일 기회라며 무릎을 쳤다.

엄마의 계획대로 우선 집 안엔 오빠만 있고 우리는 모두 외출을 하기로 했다. 오빠는 그녀에게 전화를 걸어 다리를 다친 사실을 알렸다. 다 죽어가는 듯한 목소리와 보고 싶다는 애교를 적절히 섞는 테크닉을 지켜보자니 우리 오빠가 맞나 싶어 소름이 돋을 지경이었다. 물론 집에 혼자 있어 밥도 굶고 있다는 말도 빠뜨리지 않았다. 작전은 성공이었다. 서윤주는 득달같이 제 발로 우리 집에 찾아왔다.

물론 집 안엔 오빠뿐이었다. 밖에서 시간을 보내던 엄마와 나는 계획대로 그녀가 왔다는 오빠의 문자를 받고 집으로 들어갔다. 문을 열자, 놀란 서윤주는 눈을 휘둥그렇게 뜨며 안절부절못했다.

우리는 그녀에게 최대한 친절히 대했다. 당황하던 그녀도 시간이 지나자 편안해하는 것 같았다. 철부지에 콧대 높은 부잣집 딸을 상상하던 나는 그녀의 소탈함과 싹싹함에 조금 놀랐다. 내가, 제법인데 하는 눈으로 바라보자 침대에 누워 있던 오빠는 세상에서 가장 행복한 미소를 지었다. 서윤주를 직접 본 엄마는 그녀를 더욱 마음에 들어 했다. 나도 그랬으니, 엄마가 보기엔 정말 눈에 넣어도 아깝지 않을 며느릿감일 터였다.

엄마는 그 후 수시로 그녀를 챙겼다. 별식이라도 하는 날엔 꼭 불러 먹였고, 갑자기 아파 응급실에 실려 갔을 땐 오빠와 함께 달려가 보호자를 자청했다. 그러고 보면 그녀가 혼자 자취를 하는 건 우리에겐 호기였다. 엄마의 정성까지 더해지자 서윤주와 오빠의 사랑은 더욱더 무르익는 것 같았다. 이제 오빠가 인턴 딱지를 떼고 정사원이 되면 상견례라도 해야겠다며 엄마는 그날을 손꼽아 기다렸다.

그런데 어느 날부터 오빠가 좀 이상해졌다. 왠지 기운 없이 다닌다 싶더니 만취해 집에 들어오는 날이 한 달 내내 이어졌다. 처음엔 회사 일이 힘든가 보다며, 며칠 그러고 말겠거니 했다. 하지만 우리의 기대와는 달리 오빠는 점점 망가져 갔다. 혹시 서윤주와 문제라도 있는 걸까. 그래도 그저 사랑싸움이겠지. 우리는 별거 아니라며 두고 보자는 심정이었다. 하지만 시간이 지나도 오빠가 회복할 기미는 좀처럼 보이지 않았다.

그런데 결국엔 탈이 나고 말았다. 그날도 술에 절어 들어오더니, 만취의 후유증일까, 밤새도록 고열에 시달리던 오빠는 아침이 돼도 정신을 차리지 못했다. 결국 참다 못한 엄마는 서윤주를 만나기로 했다. 오빠의 핸드폰에서 번호를 알아내 약속을 잡았다. 엄마는 동네의 한 카페에서 그녀를 만났다. 카페에 미리 잠입해 있던 나는 엄마와 서윤주의 대화를 옆자리에 앉아 몰래 엿들었다.

"지원이랑 무슨 일 있었어요?"

엄마는 걱정스러운 얼굴로 말문을 열었다. 하지만 인자한 미소만은 잃지 않았다. 서윤주는 잠시 말이 없었다. 그런데 그녀가 갑자기 울음을 터트렸다. 상황이 우리가 생각한 것보다 심각한 모양이었다.

"헤어졌어요……."

한참 만에 그녀는 겨우 입을 열었다. 짐작은 했지만 그래도 그녀의 입으로 직접 들으니 맥이 풀렸다. 둘이 헤어졌는데 몸져누운 오빠와는 달리 서윤주의 얼굴은 여전히 달덩이 같았다. 생각하기 싫었지만 아무래도 우리 오빠가 차인 모양이었다. 엄마도 짐작했는지 테이블에 놓인 컵을 들어 벌컥대며 물을 마셨다.

"이유가 뭔지 물어봐도 될까요?"

잠시 숨을 고른 엄마의 목소리는 애처롭게 떨려 나왔다.

"저희 집에서 반대하세요."

오빠가 차였다는 예상이 적중하자, 순간 온몸에 열이 뻗쳐올랐다. 아니 얼굴도 잘생기고 그만하면 학벌도 빠지지 않고 성격까지 무난한 우리 오빠가 대체 어떻다고. 게다가 그 들어가기 어렵다는 공기업에 당당히 합격한 오빠를 말이다.

"물론 우리 지원이가 아직 인턴이라 부모님 보시기엔 부족하겠지만 그래도 그 어렵다는 공기업에……."

"아니요. 집안이 맘에 안 드신대요. 말도 못 붙이게 하세요."

말을 하곤, 여자는 아예 엉엉 소리까지 내 울어 버렸다. 나는 그녀가 우는 이유를 알 수 없었다. 우리 집안이 마음에 안 든다는 게 서글픈 건지, 우리 집안이 정말 형편없어 서글픈 건지, 아무튼 그녀는 엉엉 구슬프게 한동안 울어 젖혔다.

엄마는 우는 그녀를 남겨놓고 힘없이 카페를 나갔다. 나도 엄마 뒤를 따랐다. 엄마는 나를 보고도 왜 내가 옆에 있는지 묻지 않았다. 아니 내가 있는지조차 모르는 눈치였다. 나도 그랬다. 갑자기 온몸에 힘이 빠져 내가 왜 엄마 곁에 걷고 있는지 기억나지 않았다. 표백제를 들이부은 듯 머릿속이 온통 하얬다. 갑자기 우리 모두 형편없는 집안의 일원이 된 것 같았다. 아빠가 자동차 부품 공장에 다니는 것도 마음에 들지 않는다고 했다. 엄마가 그 나이까지 일을 다니는 것도, 오빠가 철학과를 나온 것도, 내가 전문대를 나온 것도 모두 마음에 안 든다고 했다. 집안이 마음에 안 든다는 말은 한동안 메아리가 돼 동굴 속처럼 집안을 떠돌았다. 성실하고 따뜻한 부모님에 당당히 공기업에 취직한 오빠, 공부 못하는 내가 옥에 티이긴 하지만 그래도 내겐 더없이 자랑스러운 가족이고 집안이었다. 그런데 누군가에겐 그렇게 형편없는 집안일 수도 있는 모양이었다.

"웃기고 있네, 집안은 무슨! 애가 처음부터 별로 마음에 안 들었어. 요즘 애들 중에 그렇게 얼굴 큰 여자애는 없을 거다, 아마!"

시간이 가면 회복될지도 모른다는 서윤주와 오빠의 관계에 대한 희망은 김장철 배추 꽁지처럼 그렇게 싹둑 잘려 나갔고 오빠는 한동안 병명도 없이 고열에 시달렸다. 그런 오빠를 보며 엄마 아빠는 수시로 서윤주에 대한 험담을 늘어놓았다. 그깟 여자 하나 때문에 앓기까지 하냐며 오빠를 나무라기도 했다. 하지만 얼마 지나지 않아 다행히 오빠는 마음을 추스르는 것 같았고, 이후엔 회사 일에만 온전히 매달렸다.

오빠에게 퇴사 통보가 날아든 건 그렇게 실연의 아픔을 서서히 잊어갈 때쯤이었다. 하루하루 인턴 딱지를 뗄 날을 손꼽아 기다리던 오빠에겐 그야말로 청천벽력이었다. 입사 성적이 좋아 별문제만 일으키지 않으면 정직원은 기정사실이라고 했다. 혹시 실연의 아픔으로 회사 일까지 소홀히 한 걸까.

엄마는 가슴을 치며 모든 게 서윤주의 탓인 듯 다시 그녀의 달덩이 같은 얼굴에 악담을 퍼부었다. 가끔은 평생 들어보지 못한 욕도 섞여 있었다. 아빠는 여자 때문에 회사 일도 소홀히 한 못난 놈이라며 오빠를 나무랐다. 하지만 그것도 오빠가 듣지 않을 때만이었다. 아무리 그래도 퇴사 통보는 오빠에게 가장 큰 충격일 테니까. 갑자기 직장을 잃은 오빠는 한동안 넋 나간 사람처럼 멍하게 있었다. 하지만 얼마 후 다시 취업 준비를 하겠다며 집을 나가 고시원에 틀어박혔다.

오빠가 다녔던 공기업의 채용 비리가 세상에 알려진 건 오빠가 고시원에 틀어박힌 지 일 년이 지난 어느 날이었다. 한 방송사의 탐사 보도에 의하면 인턴을 뽑을 때부터 정직원은 이미 정해져 있었고 나머지는 들러리에 불과했다고 했다. 정직원이 된 사람들의 면면을 보면 국회의원이나 고위 공무원 등을 가족이나 친척으로 둔 이른바 금수저들뿐이었다. 이들은 입사 때부터 낮은 시험 성적에도 불구하고 면접으로 등수를 역전시켜 오빠 같은 사람들이 아무리 노력을 해도 뚫을 수 없는 난공불락을 형성하고 있었다고 했다.

그런데 그 난공불락은 그곳만이 아닌 걸까. 그 어렵다는 공기업에 당당히 붙은 오빠가 어찌 된 일인지 이후엔 시험마다 보는 족족 떨어지기만 했다. 고시원에서 보내는 게 힘들지 않느냐며 엄마 아빠는 오빠에게 집으로 들어오라고 했다. 하지만 오빠는 주말이나 명절에도 집에 오지 않았다. 설마 그럴 리야 없겠지만 엄마 아빠, 더 정확히 말하면 별 볼 일 없는 집안을 원망하는 게 아닐까 하는 생각마저 들었다. 안 되겠다며 반찬거리를 싸들고 아빠가 오빠를 만나기 위해 집을 나섰다. 무슨 일이 있었는지, 돌아온 아빠는 며칠 동안 방구석에 처박혀 벽을 보며 종일 누워만 있었다. 다음 날 슬그머니 일어난 아빠는 홀연히 집을 나섰다. 배낭을 멘 폼이 주말이라 바람이라도 쐬고 오려는 모양이라 생각했다.

아빠를 본 건 다음 날 오후였다. 일요일이라 텔레비전 앞에서 마음에 드는 프로를 찾던 나는 리모컨을 누르던 손을 그만 뚝 멈추고 말았다. 텔레비전 화면에 낯익은 실루엣이 보였다. 눈을 씻고 다시 봤다. 역시 아빠였다. 아빠는 어느 공사장의 타워 크레인에 올라가 뭐라고 고래고래 소리치고 있었다. 아빠의 얼굴은 친절히도 모자이크 처리가 돼 있었다. 하지만 얼굴만 가리면 뭐 하나, 옷도, 신발도, 행동 하나하나가 다 우리 아빠인걸.

"60대가량의 남자가 으뜸건설의 아파트 공사 현장에서 난동을 부리고 있습니다. 김 기자. 이유가 대체 뭡니까?"

"네, 이곳은 으뜸건설이 짓고 있는 아파트 공사 현장입니다. 60대로 추정되는 한 남성이 타워 크레인에 올라가 난동을 부리고 있는데요. 이야기를 들어보면 건설사 측에 사적인 원한이 있는 것 같습니다."

화면은 곧 타워 크레인에 올라간 아빠의 얼굴을 클로즈업했다. 모자이크를 뒤집어쓴 아빠는 크레인의 난간을 붙잡고 소리쳤다.

"니 집안이 뭐 그리 대단하냐!"

내 손에서 힘없이 리모컨이 빠져나갔다. 머리가 어질어질했지만 그 와중에도 60대로 보이는 아빠가 안타까웠다. 아빠는 아직 50대인데. 그런데 진짜 안타까운 건 따로 있었다. 좀 더 가까운 국회를, 아니 오빠를 쫓아낸 공기업을 찾아갈 수도 있었을 텐데, 굳이 대구까지 내려가야 했던 아빠가 너무나도 안타까웠다.

"루비가 없어졌어요."

수정 씨는 얼굴이 하얗게 질려 손까지 부들부들 떨었다. 잠시 화장실을 다녀와 보니 고양이가 없더라는 것이다. 청소아줌마가 쓰레기통을 비우러 온 사이, 잠시 열린 문틈을 빠져 나간 모양이었다.

"어떡해요. 혜원 씨, 우리 루비 좀……"

수정 씨는 거의 쓰러지기 직전이었다. 경비원들과 청소 직원들도 모두 고양이를 찾아 나섰다. 건물 안은 온통 루비를 부르는 소리로 가득했다.

회사 직원들까지 일손을 멈추고 한데 엉겨 고양이를 찾아다니는 광경은 가히 가관이었다. 기껏 믿었던 CCTV도 소용없자 급기야 경찰까지 동원됐다. 신고를 받고 출동한 경찰은 건물 안에 있는 사람들이 총동원된 이유가 고양이 때문이란 걸 알고는 황당해했다. 결국 경찰은 순찰 중에 살펴보겠다며 고양이의 사진을 받아 들고 갔다.

나는 사람들이 찾지 않는 곳을 주로 살폈다. 벽 사이와 배수관, 하수구도 들춰 봤다. 혹시 몰라 화원 여기저기도 살펴봤지만 루비는 보이지 않았다. 고양이를 찾는 시간이 길어지자 슬슬 수정 씨가 걱정됐다.

아니나 다를까. 사무실 문을 여니 수정 씨가 사시나무처럼 떨고 있었다. 비서실엔 사장이 와 있었다. 평소엔 마음 좋은 이웃집 아저씨 같았는데, 잔뜩 화가 난 사장의 얼굴은 무섭기 그지없었다. 그도 고양이를 사랑했을까. 수정 씨는 사장의 서슬에 눌려 금방이라도 쓰러질 것 같았다

"그게 어떤 고양인지 몰라서 함부로 굴려! 안 그래도 집안이 어떻다 말도 많은데 이 일을 어쩌면 좋으냔 말이야!"

사장은 말끝에 손을 번쩍 치켜들었다. 설마 아니겠지 하는 내 생각을 비웃듯 사장의 손은 수정 씨의 뺨에 그대로 내리꽂혔다. 순간, 쩍 하는 소리와 함께 안 그래도 위태롭던 수정 씨가 튕겨 나가

바닥에 나동그라졌다. 하지만 나는 얼른 몸을 돌렸다. 쓰러진 수정 씨를 두고 도망치듯 밖으로 빠져나왔다. 계단을 내려오는 내내 몸이 떨리고 내가 맞은 듯 얼굴이 화끈거렸다.

고양이 찾기는 며칠 동안 계속됐다. 하지만 루비는 어디서도 나타나지 않았다. 청소 직원과 경비원들도 이제 고양이 찾기를 멈췄다. 그들은 다시 제자리로 돌아갔다. 그들은 고양이 하나로 자신들이 겪은 일을 그때까지도 이해하지 못했다.

수정 씨는 비서실에 앉아 여전히 손님을 맞았다. 커피를 끓이고 전화를 받았다. 하지만 전과 달리 늘 풀이 죽어 있었다. 사장은 그런 수정 씨에게 눈길 한 번 주지 않았다. 사장이 매정하게 느껴지기도 했지만 내막을 알고 보니 이해가 가지 않는 것도 아니었다.

고양이는 약혼자의 집안에서 맡긴 것이었다. 어렵게 희귀 고양이를 구한 남자의 집에 미국에서 조카가 손님으로 왔다. 하지만 일년 동안 머물기로 한 조카에겐 고양이 알레르기가 있었다. 남자의 집안에선 수정 씨에게 고양이를 맡기기로 했다. 그녀가 맡아 기르다가 결혼하면 데리고 들어오라는 것이다. 나는 그제야 남자의 집안에서 수정 씨를 탐탁지 않게 여긴다는 것을 알게 되었다. 남자의 집안에 비해 무림식품의 외동딸은 턱없이 모자라는 모양이었다. 고양이가 수정 씨를 잘 따른다는 것이 그나마 호감을 갖게 하는 이유 중 하나였으니 고양이는 수정 씨와 남자의 집안을 잇는 끈이나 마찬가지였다. 그런데 이제 그 끈마저 사라진 것이다. 풀이 죽어 있지만 여전히 심하게 맹한 수정 씨를 볼 때마다 마음이 짠했다.

주인아줌마는 볼일이 있어 일찍 퇴근을 했다. 아줌마는 가기 전까지 내게 문단속을 잘 하라며 신신당부했다. 건물 안의 경비는 요즘 부쩍 강화되어 있었다. 그래서 아줌마도 덩달아 문단속에 신경을 쓰는 중이었다.

아줌마는 요즘 외출이 잦았다. 아줌마가 없을 때면 나는 열심히 꽃꽂이를 연습한다. 아줌마를 따라가려면 아직 멀었지만 까다로운 손님이 아니라면 내가 만든 꽃다발이나 바구니도 아무 불평 없이 사가곤 했다. 그러고 보니 아줌마의 외출이 잦은 것도 다 나를 믿어서 그런 것 같다. 이제 사장실에 아침마다 보내는 꽃도 내가 손수 골라 가는 경우도 많았다.

나는 아침이면 어김없이 무림식품의 사장실로 배달을 갔다. 하지만 그뿐이었다. 수정 씨는 아침 한 차례 꽃을 받을 뿐 이제 따로 주문 같은 건 하지 않았다. 내가 들어가면 환하게 웃었지만 전처럼 생기발랄한 웃음은 아니었다.

나는 화원 문을 닫고 버스 정류장까지 힘없이 걸었다. 매일 걷는 길이 왠지 아득하게 멀어 보였다. 일찍 퇴근한 아줌마 때문에 오후 내내 일만 했으니 그럴 만도 했다. 이럴 땐 엄마가 끓여 주던 콩나

물국 생각이 간절하다. 하지만 집엔 먹다 남긴 찬밥 한 덩이가 전부였다. 그런 집에 들어가느니 차라리 화원이 나을 때도 있지만 그래도 집에는 들어가야 한다.

어느 날 갑자기 아빠가 회사에 사표를 냈다. 퇴직할 날도 얼마 안 남았는데 사표라니. 처음엔 난동 사건으로 쫓겨난 게 아닌가 생각했다. 하지만 아빠가 먼저 사표를 낸 건 분명한 것 같았다. 시골에서 농사나 짓겠다는 게 이유였다. 갑자기 별 볼 일 없는 집안의 가장이 된 아빠는 이제 그런 집안의 가장의 짐을 내려놓고 싶은 것 같았다.

엄마도 더 이상 병원에 나가지 않았다. 평생 열심히 살았는데. 엄마 역시 이제는 집안을 위해 애쓸 마음이 없어 보였다. 일을 그만둔 엄마는 이웃 아줌마들과 함께 사교춤을 추러 다녔다. 아빠도 시골로 내려가고 오빠까지 집에 안 들어오는 이상 엄마에게 거칠 것은 없었다. 그동안 못해 본 걸 해보겠다며 댄스복을 챙겨 들고 나가는 엄마의 얼굴에선 비장함마저 느껴졌다.

나는 이제 성당에 나가지 않는다. 어차피 성당은 희영 오빠 때문에 다니는 거였으니까. 하지만 오빠와 어떻게 해보겠다는 생각은 접은 지 이미 오래다. 나는 이제 돈을 벌어야 한다. 적성에도 안 맞는 공무원 시험을 때려치운 건 아무리 생각해도 잘한 일이다. 나는 이제 그런 것에 시간 낭비할 여유가 없다. 대신 나는 이곳저곳 이

력서를 들고 뛰어다닌 끝에 드디어 예쁜 아줌마가 주인으로 있는 화원에 취직할 수 있었다. 나는 이제 짝사랑 같은 건 안중에도 없다. 그까짓것 개나 물어가라지. 아침 일찍 출근 준비를 하고 집을 나서기 전 현관 앞에 걸린 거울을 본다. 그곳엔 이제 사회인이 된 내가 있다. 가끔은 다크서클이 광대까지 내려와 있지만 나는 거울 속 내 모습이 기특해 뽀뽀라도 해주고 싶을 지경이다. 가족들이 모두 떠난 집엔 여전히 찬바람이 불지만 그래도 나는 우리 집을 지켜야 한다. 금수저들의 숟가락질에 먹을 것이 마땅치 않은 세상에서도 따뜻한 밥 한 숟가락 먹을 곳은 필요하니까. 그 밥이 먹고 싶어진 식구들이 언제 돌아올지 모르니 말이다. 아무래도 콩나물국은 내가 직접 끓여 먹어야겠다.

어디선가 고양이 소리가 들렸다. 소리가 나는 곳을 찾아 들어가니 외진 골목엔 라면 가닥과 배춧잎들이 바닥 곳곳에 널려 있었다. 그리고 몇 마리의 고양이들이 쓰레기 더미에서 음식을 핥고 있었다. 한 놈은 한쪽 구석에서 가시만 남은 생선살을 발라 먹고 있었고, 다른 놈은 갈비뼈를 이빨로 갉고 있었다. 얼룩덜룩한 줄무늬에 새까만 검은 고양이까지. 길에서 떠도는 도둑고양이들은 생김새부터가 루비와는 딴판이었다.

나는 이제 고양이 소리만 나면 으레 달려가곤 했다. 하지만 이런 쓰레기 더미엔 루비 같은 귀족 고양이가 있을 것 같지 않았다. 나는 코를 손으로 막은 채 얼른 몸을 돌렸다. 역겨운 냄새가 코를 찌르는 쓰레기 더미에서 빨리 벗어나고 싶었다.

그런데 쓰레기통 옆 한쪽 구석에 뭔가 꿈틀거리는 것이 보였다. 마치 실뭉치 같았다. 걸레처럼 너절한 털로 바닥을 핥고 있는 것은 고양이였다. 그런데 녀석은 다른 도둑고양이와는 생김새가 달랐다. 왠지 겉도는 느낌이 아마도 무리에 들어온 지 얼마 안 된 모양이었다.

나는 발을 안쪽으로 옮겨 실뭉치 같은 녀석에게 다가갔다. 무리 속에 있어서인지 고양이들은 도망가지도 않고 슬금슬금 다가오는 내 모습을 지켜봤다. 점점 다가가자 꼬리를 치켜세우며 몸을 키우는 놈도 있었다. 하지만 그때까지도 실뭉치 같은 몸을 웅크린 채 녀석은 그저 바닥만 핥았다.

"루비야!"

갑자기 와락 눈물이 났다. 희귀한 짝눈을 빛내며 새침하게 바라보던 고양이 루비. 하지만 녀석의 몸을 휘감고 있던 신비함은 온데간데없었다. 수정 씨의 품에 안겨 내뿜던 도도함도 보이지 않았다. 하지만 그래도 녀석은 루비가 틀림없었다. 쓰레기 더미 속에서 도둑고양이들과 함께 있는 녀석의 모습에 나는 그만 가슴 한 곳이 무너져 내리는 느낌이었다.

내 목소리에 놀란 고양이들이 일제히 몸을 일으켰다. 바닥을 핥던 루비도 화들짝 몸을 뺐다. 옆에서 쓰레기 봉지를 물어뜯던 고양이가 막 생선 대가리를 찾아낸 후였다. 노르께한 바탕에 검은 얼룩이 진한 녀석은 어쩐지 사납고 흉측해 보였다. 생선 대가리를 차지한 녀석은 그것을 입에 물고는 쓰레기 더미를 유유히 빠져나오고 있었다. 그런데 그때까지 바닥을 핥던 루비가 녀석의 꽁무니를 따라나섰다. 앞선 고양이와는 달리 루비는 어느 것도 얻지 못한 채였다. 쓰레기 더미를 빠져나온 고양이들은 어느새 나를 지나쳐 주택가 쪽으로 방향을 틀었다.

"루비야!"

나는 녀석들을 따라 뛰기 시작했다. 루비는 무리에서 한참이나 뒤처진 채 뛰고 있었다. 그런 루비가 손에 잡힐 듯 할 때마다 왠지 스멀스멀 웃음이 났다. 루비를 데려다주면 수정 씨는 나를 평생 은인으로 생각할지 몰랐다. 사장 또한 나를 모른 척하지는 않을 것이다.

하지만 마음에 드는 생각은 따로 있었다. 루비를 안고 집으로 가는 것이다. 집엔 아무도 없을 것이다. 취직 시험을 봐야 하는 오빠가 갑자기 고시원을 나왔을 리 없고, 이웃집 과부와 살림을 차렸다는 아빠가 시골에서 올라왔을 리도 없다. 댄스복을 챙겨 나간 엄마는 새벽이나 돼야 술에 취해 집안에 들어설 것이다. 그러니 지저분한 고양이를 데려가도 뭐라 할 사람도 없다. 나는 데려간 루비를 욕조에 물을 받아 씻길 것이다. 루비가 전처럼 그 보드라운 흰털을 되찾는 건 시간문제다. 나는 드라이기로 정성껏 털을 말리고 빗질도 할 것이다. 워낙 종자가 좋은 녀석이니 곧 그 도도한 자태를 다시 찾을 것이다. 나는 녀석에게 고등어 한 마리 정도는 통째로 줄 수도 있다. 그러면 머지않아 털에 윤기도 흐를 것이다. 루비는 완벽하게 제자리로 돌아올 것이다. 녀석이 쓰레기 더미에서 생김새도 흉측한 도둑고양이의 꽁무니를 따라다녔으리라곤 아무도 상상하지 못할 것이다. 나는 다시 도도함을 되찾은 루비를 안고 언젠가 수정 씨의 사무실에서 본 얼굴천재에게 갈 것이다. 수정 씨와 그를 잇는 것이 루비라고 하지 않았던가. 루비가 내 손에 있는 한 그 연결 끈은 내 것이 되는 것이다. 만약 그렇게 된다면 아빠가 돌아올지도 모른다. 엄마 또한 춤바람을 접고 다시 제자리로 돌아올지도. 오빠도 금수저들이 쌓아놓은 세상의 난공불락 중 하나쯤은 깰 수도 있지 않을까. 그러면 오빠에게 서윤주보다 더 좋은 집안의 여자를 소개해 줘야지. 생각 끝에 나는 그만 큭큭큭 소리 내 웃고 말았다.

내가 눈물까지 찔끔거리며 웃고 있는 사이 루비는 얼룩무늬 고양이를 따라 주택가 작은 골목 속으로 사라지는 중이었다.

바람 부는 날

"망할 놈의 늙은이, 이리 안 나와!"

전날 시어머니 될 분이 생신이라 늦게까지 며느리 노릇을 하며 손님 접대를 해야 했다. 요리사가 출장을 나오고 일해 주는 사람도 몇 명 있어 솔직히 내가 할 일은 많지 않았다. 하지만 시댁은 소위 행세 꽤나 하는 집안이었다. 앞으로 이 큰살림을 내가 맡아야 한다고 생각하니 벌써부터 머리가 지끈거리고 몸이 쑤셨다. 늘어진 몸으로 집에 돌아와 씻지도 못한 채 침대에 널브러졌다. 잠깐 누웠다 일어날 생각이었는데, 그대로 잠이 든 모양이었다.

"빨리 나오지 못해!"

꿈에서도 시어머니가 일어나라며 자꾸 윽박을 질러댔다. 그런데 눈을 뜨니 누군가 같은 말을 하고 있었다. 하지만 몸이 말을 듣지 않아 한참을 버둥거린 후에야 겨우 천근 같은 몸을 일으켰다.

"이봐, 도대체 왜 이러는 거야. 이 사람이 무슨 잘못을 했다고?"

대문 앞엔 한 무리의 사람들이 모여 있었다. 또 실랑이가 벌어진 모양이었다. 덩치 큰 여자 하나가 수분 엄마의 멱살을 쥐고 있었고, 사이에 낀 엄마는 두 사람을 떼어놓으려 안간힘을 쓰는 중이었다. 한동안의 실랑이 끝에 엄마는 겨우 여자의 손에서 수분 엄마를 떼어냈다. 여자의 아귀에서 벗어난 수분 엄마는 엄마의 등 뒤로 재빨리 몸을 숨겼다.

"아, 글쎄 저 노인네가 헛소리를 하고 다녀서 동네 창피해 얼굴을 들고 다닐 수 있어야지!"

여자의 말이, 언제부턴가 동네 사람들이 자신을 보는 눈이 이상해졌다는 것이다. 안 되겠다 싶어 사람들에게 따지니 자신이 뒷집 남자와 그렇고 그런 사이라는 소문이 돌더라는 것이다. 그런데 뒷집 남자가 여자의 집에서 나오는 걸 여러 번 봤다는 수분 엄마의 말이 소문의 발단이 된 모양이었다.

"아이고, 억울하고 분해서 못 살겠네, 나는 못 살아!"

말을 마친 여자는 바닥에 주저앉아 서럽게 울기 시작했다. 멱살을 흔들던 기세는 어디 가고 그녀의 몸은 힘없이 늘어지기만 할 뿐이었다.

"아유, 참. 이럴 것 없네. 이 사람이 달라졌어. 변했다구. 정신이 옛날 같지 않아 실없는 소리도 하고 다니니 너무 신경 쓰지 마."

엄마는 여자의 등을 쓸며 어린애 달래듯 했다. 사람들 틈에서도 안타까운 탄식이 흘러나왔다. 그런데 그때였다. 갑자기 여자의 눈동자에서 반짝하며 빛이 났다. 빛은 곧 얼굴 전체로 번졌다. 여자는 주저앉았던 몸을 벌떡 일으켰다.

"그럼 그렇지. 이 노인네가 노망이 났으면 집구석에 잠자코 들어앉아 있을 것이지, 어디서 주둥이를 함부로 놀리고 다녀!"

어느 틈에 울음을 그친 여자의 목소리가 골목에 쩌렁 울렸다.

언제부터일까. 수분 엄마가 이상해졌다는 소문이 돌기 시작했다. 동네 마실이 잦아졌다는 것이다.

"그냥 마실만 다니는 거면 우리도 이상하다고 하겠어요? 글쎄 묻는 말에는 대꾸도 없이 앉아 있다가 밥만 축내고 간다니까요."

몰려온 여자들은 엄마의 무지를 일깨우느라 여념이 없었다. 한 집에 살며 어떻게 수분 엄마가 변한 것도 모르냐고 했다. 답답해 죽겠다는 듯 가슴을 치는 이들도 있었다.

하지만 엄마는 선뜻 그 이상한 방문을 믿으려 하지 않았다. 믿기지 않는 건 나도 마찬가지였다. 내가 아는 수분 엄마는 남의 신세를 지는 걸 끔찍이도 싫어하는 사람이었다. 남의 신세라면 물 한 모금도 거저먹기를 꺼려했다. 그런 그녀가 말도 없이 남의 집에 들어가 밥 한 공기를 다 축내고야 자리를 뜨다니.

"좌우지간 잘 살펴보세요. 사람들 모두 문 열어 주기 무섭다고 난리예요."

말끝에 여자는 몸 떠는 시늉을 했다.

"그렇다고 무섭다고 할 건 뭐 있어? 그저 밥 한 공기 대접했다 생각하면 그만이지."

하지만 여자는 더욱 목소리를 높였다.

"눈빛이 달라졌다니까요. 초점 없이 횅한 것이. 혼자 있을 때 나타나면 무섭기도 하다니까요."

여자들은 잘 지켜보라는 말을 몇 번인가 더 하고는 돌아갔다. 하지만 엄마는 새겨듣지 않는 것 같았다.

그런데 어느 날부터 우리 집에도 수분 엄마의 그 이상한 방문이 시작됐다. 새벽같이 벨이 울려 나가 보면 문 앞에 수분 엄마가 서 있었다. 무슨 일이냐고 물어볼 새도 없이 그녀는 들어와 밥상머리 앞에 슬그머니 끼어 앉았다. 그러곤 정말 밥 한 공기를 뚝딱 해치우고 나서 말없이 현관문을 나서는 것이다. 그런 일을 몇 번 겪자 엄마 또한 수분 엄마의 변화를 인정하지 않으면 안 되었다. 하지만 소문은 그것으로 그치지 않았다. 이번엔 그녀가 치매에 걸렸다고 했다.

"어쩜 좋아. 내 눈빛이 흐려질 때부터 알아봤다니까. 우리 시어머니가 치매로 고생하다가 작년에야 돌아가셨잖아. 나는 단박에 알아보겠더라구."

수분네 앞을 지날 때마다, 아니 우리 집 앞을 지날 때마다 어김없이 치매가 화제로 떠올랐다. 치매에 대한 의견이나 상식, 정보를 교환하는 것도 우리 집 앞이었다. 그렇게 사람들의 말이 오가다 보면 자연히 수분 엄마가 치매에 걸린 이유에 대해 의견이 분분하게 마련이었다. 어떤 사람들은 그녀가 과부라서 치매가 빨리 왔다고 했다. 또 어떤 이들은 아들 종기의 사업 실패와 부도, 딸의 이혼으로 충격을 받았기 때문이라고도 했다. 지금이야 오히려 보살핌을 받지만 수분 엄마는 오랫동안 딸이 버리고 간 손녀를 홀로 키워야 했다. 때로는 한동안 공사판에 따라다닌 이력을 문제 삼기도 했다. 힘에 벅찬 일을 하다 보니 독한 약을 습관적으로 많이 먹어 그렇다는 것이다. 사람들의 말은 어느 것 하나 틀린 게 없는 것 같았다. 얘기를 듣다 보면 그녀에게 치매는 당연한 결과라는 생각마저 들었다.

수분 엄마가 병원에서 치매 진단을 받은 후 우리 집 앞엔 사람들이 모이는 일이 잦아졌다. 어느 집에 도둑이 들었는데 옆집 중학생이 의심을 받고 있었다. 소문을 들은 중학생의 엄마가 수분 엄마에게 와서 행패를 부리다시피 했다. 그러면 소년의 엄마는 아들의 결백을 인정받고 돌아갔다.

"노망이 났으면 집구석에 박혀 있을 것이지!"

소년의 엄마는 수분 엄마의 노망을 힘주어 말했다. 하지만 그 후로도 그녀로 인해 억울한 사람은 점점 늘어날 뿐이었다.

그런데 그런 수분 엄마의 불행에 누구보다 상처를 입은 건 엄마였다. 그건 우리 집에 사는 사람이면 하다못해 애완동물까지도 잘 돼 나간다는 엄마의 굳은 믿음을 산산이 부서뜨리는 일이기 때문이었다. 엄마는 몇 년 전 전세금이 올라 이사를 고민하던 그녀를 붙잡아 세를 내줬다. 그동안 이웃으로 산 세월이 얼만데, 재개발이라도 돼 어쩔 수 없이 흩어져야 하면 모를까 함께 살아야 한다는 게 엄마의 생각이었다. 하지만 엄마는 그 일을 이제 후회하는 것 같았다.

"수분 엄마 팔자가 복이라고는 손톱만큼도 타고나질 못했대. 그래도 우리 집터가 좋아 좀 나을까 싶어 살게 했는데 타고난 팔자는 어쩔 수 없나 봐."

언젠가 엄마가 수분 엄마와 함께 나란히 신년 운세를 보러 점집을 찾아간 적이 있었다. 집으로 돌아온 엄마는 흡족한 표정이었다간 다시 담담해지려 애쓰는 듯한 알 수 없는 얼굴로 점 본 얘기를 늘어놨다.

"아 글쎄, 그 무당 얼굴도 영화배우 뺨치게 생긴 게 사람 홀딱 반하게 잘 맞추더라. 나보곤 젊어선 고생을 좀 했어도 자식 복에,

남편 복에, 타고난 귀부인 팔자라나. 그래 나이가 들면 들수록 형편도 나아져 요즘에는 부자 소리도 듣고 사는데, 수분 엄마를 보더니 한숨만 푹푹 쉬며 복이란 복은 타고난 게 없대. 그나마 모은 재산도 늘그막에는 한 푼도 손에 쥘 수 없다며 복채도 안 받으려고 하지 뭐야."

수분 엄마의 이른 치매가 화제가 될 때마다 엄마는 종종 처녀 무당의 말을 되씹으며 그녀의 박복한 팔자를 들춰내곤 했다.

"수분 엄마가 집터 덕을 톡톡히 보네요. 말이야 바른말로 그 집 자식들 변변치 못한 게 어제오늘 일이에요? 팔자가 아니라도 그런 싹수없는 애들이 언젠가는 사고치지 않을까 불안했잖아요. 그래도 아줌마가 치매라도 걸려서 아무것도 모르니까 다행이지요. 먹을 것만 주면 만사가 오케이니 그런 호사가 또 어디 있겠어요."

어려서부터 천재 소리를 듣던 오빠들 때문일까. 언제부턴가 우리 집은 동네 사람들 누구나 인정하는 복터가 됐다. 처음엔 그저 근거 없는 소문에 불과했으나 오빠들이 모두 고시에 패스해 판사와 외교관이 된 후엔 누구나 복터임을 인정하지 않으면 안 되었다. 자식들이 모두 잘되는 비결을 엄마는 주저 없이 복터의 공으로 돌렸으니까.

"볼 줄 아는 사람들이 집이 복터라고 이사도 가지 말라더라고요. 그래 누가 시세에 몇 배를 준다고 해도 그저 여기서만 살았습니다."

집 자랑을 늘어놓을 때면 엄마는 마치 전도를 하는 사이비 종교의 교주 같았다. 엄마 말에 누구든 집이 복터임을 인정하고야 돌아갔으니까. 그런 엄마의 노력 때문일까. 사람들은 저마다 수분 엄마가 치매에 걸린 건 팔자에도 없는 호사이며, 그것은 수분 엄마 같은 빈약한 팔자는 어림도 없는 일로, 단지 집터가 좋은 덕이라고 저마다 입을 모았다. 수분네의 불행으로 복터의 위상에 흠집이라도 생길까 걱정하던 엄마는 그제야 한시름 놓은 것 같았다.

결혼 날짜가 잡히자 구체적인 예물과 혼수 이야기가 오가기 시작했다. 예상은 했지만 엄마와 난 망연해지고 말았다. 분가해 사는 오빠들은 아무리 좋은 직업이라도 우리 살림에 득이 될 것은 없었다. 더구나 만년 과장으로 정년퇴직한 아빠는 시골에 땅 몇 평 사놓고 소와 돼지를 돌보며 소일하는 중이었다. 물론 그렇다고 엄마 아빠가 노후를 걱정해야 할 정도는 아니었다. 하지만 재벌은 아니어도 재벌 대접 받기를 바라는 시댁의 어마어마한 예단과 혼수를 감당하기엔 아무래도 역부족이었다.

할 수만 있다면 당장 결혼을 물리고 싶었다. 그래서일까. 약혼자와도 다투는 일이 많아 하루하루 신경이 예민해졌다. 덕분에 평생 숙제였던 다이어트를 힘들이지 않고 할 수 있었다. 그런데 예민해진 건 나뿐이 아니었다. 엄마 또한 불안하고 초조해 보였다. 멍하니 있다 작은 기척에도 경기하듯 놀라 보는 나까지도 불안하게 만들었다.

"너무 걱정 마요. 내가 어머님께 말씀드려 보고 정 안 되면 결혼 까짓거 안 한다고 할 거니까. 내가 뭐 죄라도 짓고 시집가나. 바리바리 싸서 가게?"

예민해진 엄마를 보다 못한 나는 정말이지 될 대로 되라는 심정이었다.

"쓸데없는 소리! 너는 그런 데 신경 쓰지 않아도 된다. 네 혼수 정도 할 능력은 있으니까."

처음엔 엄마의 허풍이라고 생각했다. 하지만 허풍을 떠는 사람 치고는 너무 진지했다. 어디 믿는 구석이라도 있을까. 엄마 말에 나는 내심 불안했던 마음이 조금은 가라앉았다. 하지만 내겐 걱정 말라며 정작 근심을 떨치지 못하는 엄마 때문에 나의 불안한 하루하루는 계속되고 있었다.

"너 만약에 결혼해서도 이렇게 취해서 비틀거리는 날엔 당장 쫓겨날 각오를 해야 할 거야."

늘어지는 내 몸을 부축하며 그는 농담을 가장해 이죽거렸다. 비틀거리는 몸과 함께 그의 옆모습이 흔들렸다. 처음 선배의 소개로 만났을 때 그의 당당함과 철철 흐르는 귀티가 마음에 들었다. 그가 날 마음에 들어 했으면, 함께 있는 내내 주문처럼 속으로 되뇌었다. 작별의 악수와 함께 헤어진 후 그에게 연락이 왔을 때 나는 그가 원하는 일이면 무엇이든 하리라 마음먹었다. 그때 나는 그가 풍기는 귀티를 동경했을까. 내 아이도 저런 귀티를 가질 수 있었으면 하고 바랐던 것도 같다. 하지만 그는 겉모습과는 달리 천박했다. 사업가의 집안에서 자란 탓일까. 돈에 관한 한 잇속이 밝았으며, 약한 사람에겐 강했고, 강한 사람에겐 늘 약했다.

"우리 여기에서 그만두자. 그만둬!"

그동안 마음에 담아 둔 말을 그는 술주정이라고 무시한 채 서둘러 비탈길을 내려갔다. 차가 걱정되는 모양이었다. 그의 윤기 흐르는 자동차. 처음 퇴근 시간에 맞춰 내 앞에 그것이 부드럽게 미끄러졌을 땐 내 인생이 더없이 빛나고 아름답게 느껴졌다. 그 빛나는 인생을 위해서라면 커리어 우먼으로 성공하고 싶었던 꿈마저도 포기할 수 있었다. 하지만 그는 나 따위는 아랑곳없이 그의 빛나는 자동차로 달려갔다. 그렇게 나는 좁은 골목에 덩그마니 혼자 남아야 했다.

집 앞에 겨우 다다랐을 땐 몇 신지도 모르는 까마득한 한밤중이었다. 예상대로 대문은 굳게 잠겨 있었다. 열쇠를 겨우 손에 쥐자 아까부터 참고 있던 요의가 밀려왔다. 하지만 취한 탓에 열쇠를 꽂고 문을 여는 데도 꽤 많은 시간을 허비해야 했다. 겨우 대문을 열었을 땐 밀려드는 요의로 한 발짝도 움직일 수 없었다. 이층으로 올라가는 계단이 그렇게 아득하게 느껴진 건 처음이었다.

그런데 그때였다. 빛처럼 마당 한구석의 하수구가 눈에 띄었다. 나는 망설일 겨를도 없이 하수구에 쪼그려 앉았다. 사위는 어두웠고 집에는 엄마와 수분네 두 식구뿐이었다. 수분네의 지독한 어둠이 그토록 고마워 본 적이 있을까. 물론 항상 어두워 그들이 잠이 들었는지 확신할 순 없었다. 하지만 그런 걸 일일이 따지기엔 밀려드는 요의를 해결하는 일이 무엇보다 급했다. 나는 좁은 하수구에 쪼그리고 앉은 내 모습에 진저리를 치며 그렇게 하수구에 오줌을 누었다.

"잘하는 짓이다. 날 받아 놓은 처녀가 술에 취해 오밤중에 들어오고."

악몽 같던 밤이 지난 아침은 눈을 뜨기부터가 쉽지 않았다. 누군가 송곳으로 찌르는 것처럼 머리가 아팠다. 겨우 일어나 방문을 열고 나가자 이번엔 엄마의 핀잔이 비처럼 쏟아졌다.

"시댁이 한다 하는 집안이면 조심하고 또 조심해야지!"

엄마는 다시는 안 그러겠다는 다짐을 받고야 잔소리를 멈췄다.

그런데 늦은 아침을 먹고 났을 때였다. 전날까지도 주말에나 올라가겠다던 아빠가 현관문을 열고 들어섰다. 놀란 나는 인사도 못 하고 멍하니 신발을 벗는 아빠를 바라봤다. 나와는 달리 엄마는 기다렸다는 듯 아빠의 팔을 낚아채 안방으로 끌고 갔다.

아빠는 이제 제법 농부의 티가 났다. 농부의 아들로 자란 아빠는 늘 전원생활을 동경했다. 엄마는 그런 아빠를 위해 정년퇴직과 함께 고향 근처에 땅을 마련해 소원하던 전원으로 돌려보냈다. 아빠와 엄마가 함께 시간을 보낸 것도 그러고 보니 오랜만이었다. 그래서일까. 방 안으로 들어간 지 한참이나 지났는데. 둘의 이야기는 꽤 길어지고 있었다.

무료한 시간을 보내고 있던 참에 마침 휴대폰이 울렸다. 그였다. 평소보다 한층 부드러운 목소리로 그는 어제는 미안했다며 집까지 데려다주지 못한 것을 사과했다. 나는 곧 그의 정중한 사과를 받아주었다. 그는 뭘 하느냐고 다정하게 물었다. 나는 그저 전화를 걸어 줘 고맙다고 했다. 그리고 우리는 사랑한다는 말을 주고받으며 전화를 끊었다. 그에게 무엇인가 할 말이 있었는데. 전화를 끊고 나자 가슴이 막힌 듯 답답했다.

"나쁜 년, 죽일 년, 천벌을 받을 년……."

바람이라도 쏘일까 무작정 신발을 신고 나오는데 마당에 수분 엄마가 보였다. 무슨 일인지 누군가에게 욕을 해대고 있었다. 전엔 안 그러더니 이젠 욕까지 하는구나 싶어 절로 도리질이 쳐졌다. 그녀는 한동안 허공에 대고 욕을 퍼부었다. 그러다간 무슨 생각이 난 듯 손에 든 빗자루로 마당을 벅벅 소리 나게 쓸기 시작했다.

"벼락을 맞을 년 같으니라구. 남의 집에 이게 무슨 짓이람."

그녀는 마치 땅을 뚫기라도 하려는 듯 연신 빗자루를 흔들었다.

너무 박박 긁어대 빗자루에서 빠진 플라스틱 잔해물들이 마당 여기저기로 흩어졌다.

"아니 누구한테 그러시는 거예요? 누가 우리 아줌마를 화나게 했는지 내가 잡아다가 혼내 줄게요."

내가 다가가자 그녀는 그제야 구부정하게 굽은 허리를 폈다. 그런 간단한 몸짓조차도 매우 힘겨워 보였다.

"아 글쎄, 어떤 년이 남의 집에 들어와서 오줌을 누고 도망갔어!"

빗자루질만큼이나 그녀의 목소리엔 센 힘이 들어가 있었다. 말만 듣고도 얼마나 화가 났는지 알 것 같았다. 그런 그녀의 말에 놀란 나는 그저 잠자코 다음 말을 기다릴 뿐이었다.

"내가 봤어. 어떤 년이 들어와서 오줌을 누고 도망가는 거. 그년이 오줌을 누고 위층으로 도망갔어. 내가 봤어. 죽일 년, 벼락을 맞을 년……."

바람이라도 쏘일까 했는데, 나는 잠자코 집 안으로 들어오지 않으면 안 되었다. 세상에 완전 범죄란 없구나, 주책없이 픽 웃음이 났다. 사위가 어두워 아무도 못 봤을 거라 생각했는데. 그런데 이상했다. 그녀는 왜 나라고 지목하지 않는 걸까. 이층으로 올라가는 걸 봤다면 나라는 걸 알 수 있었을 텐데 말이다.

"농장을 팔기로 했다."

방문을 열고 나온 엄마 아빠는 몹시 지쳐 보였다. 결국 둘의 밀담의 결론은 그것이었다. 아빠의 평생 꿈인 농장을 팔다니. 말도 안 되는 소리였지만 나는 아무 말도 할 수 없었다.

마침 사겠다는 사람이 있어 농장은 수월하게 제값을 받고 팔았다. 덕분에 나는 시댁에서 요구하는 예단과 혼수를 마련할 수 있었다. 이제 시댁에 기죽지 않아도 된다며 엄마는 손뼉까지 치며 기뻐했다.

이제 농장도 팔렸고 엄마 말대로 내 결혼식만 치르면 만사형통이었다. 하지만 엄마의 그 불안증은 그 후로도 어쩐지 계속됐다.

"형님! 형님!"

아침부터 수분 엄마가 사색이 돼 뛰어 올라왔다. 신발도 신지 못한 채였다. 숨을 몰아쉬는 그녀의 얼굴엔 놀라움과 기쁨, 대단한 것을 발견한 듯한 득의가 얽혀 있었다.

"무, 무슨 일이야?"

놀란 엄마는 말까지 더듬었다. 하지만 그녀는 좀처럼 다음 말을 잇지 못했다.

"무슨 일인지 몰라도 들어오기나 해. 누가 쫓아오기라도 하나, 그렇게 서 있게?"

수분 엄마가 잔뜩 뜸만 들이자 별일 아니라고 생각했을까. 엄마는 냉장고 쪽으로 발을 옮겼다. 입 다실 거라도 내놓을 모양이었다. 하지만 그녀는 두 손을 크게 저으며 답답하다는 시늉을 했다.

"텔레비전에 그 애가 나왔어. 그 애가 가족을 찾는다고. 분명히 그 애야. 내가 알아봤다니까."

알 수 없는 말을 하며 그녀는 다시 흥분하기 시작했다. 하지만 엄마는 냉장고에서 사과와 배를 꺼내 쟁반에 담고 과도와 접시, 포크도 함께 가져왔다.

"아주 맛있어. 꽤나 달더라구. 이리 앉아서 좀 먹어봐."

엄마는 쟁반을 바닥에 놓고 과도를 집어 잘 익은 사과의 껍질을 벗기기 시작했다. 엄마가 사과를 깎을 때면 늘 넋 놓고 보게 된다. 엄마의 손에서 깎이는 과일의 껍질은 그 간격이 일정하고 매끄러웠다. 어떤 상황에서도 중간에 끊기는 법도 없었다. 나는 어려서나 지금이나 그것이 늘 신기하고 존경스러웠다.

"그래 무슨 일이야? 또 바퀴벌레가 나왔어? 아니면 뭐 쥐라도 본 거야?"

엄마의 말에 웃음기가 묻어 있자 수분 엄마는 가슴을 탁탁 소리 나게 쳤다.

"텔레비전에 그 애가 나왔다니까. 그 애 말이야!"

엄마는 웃음을 잃지 않으며 수분 엄마를 한번 슬쩍 바라봤다. 하지만 여전히 사과를 깎는 데 열심이었다.

"아, 영아 동생!"

엄마 손에서 실타래처럼 부드럽게 풀어지던 사과 껍질이 툭 끊겨 쟁반 위에 떨어졌다. 순간 집 안은 마치 육중하고도 커다란 무언가가 덮친 듯 정적에 휩싸였다. 너무 갑자기 밀어닥친 고요로 일순간 세상은 마비된 것 같았다. 하지만 알 수 있었다. 그 순간 엄마의 눈동자가 아주 빠르게 내 쪽을 향했었다는 걸.

하지만 엄마의 손은 다시 움직이기 시작했다. 남은 사과 껍질은 그 후론 한 번도 끊기지 않았다. 엄마는 사과를 먹기 좋게 조각내 포크로 찍어 수분 엄마에게 내밀었다.

"자꾸 그렇게 이상한 소리를 하니까 사람들이 야단이잖아. 제발 잠자코 있어. 제발."

마치 아무 일 없었다는 듯 수분 엄마는 포크를 받아 쥐었다. 그러곤 먹는 일에만 열중했다.

수분 엄마가 돌아간 후 좀처럼 일이 손에 잡히지 않았다. 책상 앞에 앉아 그저 멍하니 허공에 눈을 박고 있었다. 나는 수분 엄마가 늘 그 시간이면 거르지 않고 보는 프로를 알고 있었다. 회사를 그만둔 후엔 나도 가끔 본 적이 있었다. 어려서 미아가 됐거나 집안 사정으로 버려진 사람들이 세월이 흘러 부모나 형제를 만나는 모습을 보며 가끔은 눈물을 찔끔거리기도 했다. 그런데 왜일까. 그 프로를 보던 그녀가 맨발로 뛰어 올라온 건. 내 동생, 내 동생이라니. 내게 동생이 어디 있다고. 그녀의 치매가 더 악화된 걸까. 하지만 엄마 손에서 힘없이 떨어지던 사과 껍질이 머릿속을 맴돌며 자꾸 거치적거렸다.

며칠 동안 고민 끝에 나는 그 방송의 홈페이지에 들어갔다. 그날 출연한 사람들의 프로필도 살펴보았다. 그중 나보다 어린 사람은 한 명뿐이었다. 대전의 복지 시설 출신이라는 그녀의 사진을 클릭할 땐 손이 덜덜 떨렸다. 하지만 나는 곧 컴퓨터의 창을 닫았다. 그녀의 사연에는 자신을 버린 부모의 이름과 나이가 정확히 적혀 있었다. 아무리 끼워 맞춰도 내 동생이 아닌 것만은 분명했다. 갑자기 웃음이 터졌다. 너무 웃어 눈물까지 찔끔거렸다. 처음 휠체어를 탄 그녀의 사진을 봤을 때의 떨림을 생각하자 오랫동안 웃음을 멈출 수 없었다.

"아휴, 글쎄 수분 엄마 때문에 큰일이야. 그렇게 없는 소리를 지어내고 다니니."

엄마는 이제 곧잘 그렇게 사람들에게 하소연을 늘어놓곤 했다. 그러면 사람들은 정말 큰일이네, 날 잡아 놓은 딸도 있는데 말이라도 잘못 나면 어떡해요, 하고 맞장구를 쳤다. 그들 대부분은 수분 엄마의 대책 없는 입 때문에 한 번씩은 곤욕을 치른 이들이었다. 사람들의 원성에도 엄마는 늘 수분 엄마를 두둔했었다. 하지만 엄마도 이젠 그녀의 악화된 치매 증상을 들춰내느라 혈안이 된 사람처럼 보였다.

"이 미친 늙은이! 이리 안 나와!"

모퉁이를 막 돌아설 때였다. 우리 집 앞에서 누군가가 삿대질을 하고 있었다. 삼거리 가겟집 주인 같았다. 또 흘러 다니는 소문을 듣고 온 모양이었다. 이제 별로 새삼스러울 것도 없는 일이었다. 그래서인지 집 앞엔 몇몇 사람들만 팔짱을 낀 채 조용히 지켜볼 뿐이었다.

"이 노인네야, 당신이 봤어? 내가 그 기집애 잠지 만지는 거 봤냐구?"

말할 때마다 사내는 거구의 몸을 들썩였다. 금방이라도 우악스런 손이 수분 엄마에게로 날아갈 것 같았다. 거구의 사내 앞의 수분 엄마는 한없이 작아 보였다. 그녀는 고개를 숙인 채 사시나무처럼 떨고 있었다. 하지만 어쩐지 말꽁무니는 힘주어 높였다.

"내가 봤어. 혜림이 치마 속에 손 넣는 거."

혜림이라면 옆 동네 사는 지적 장애아였다. 혜림이 부모는 혜림이를 한동안 복지 시설에 맡겼었다. 하지만 혜림이 아버지가 지난번 지방 선거에 구 의원으로 출마하는 바람에 부랴부랴 집으로 데려왔다. 모자란 자식을 돌보지도 않는다는 소리를 들을까 봐서였다. 그런데 수분 엄마 말이 가게 앞에서 놀던 혜림이를 가겟집 남자가 막대 사탕으로 꾀 데리고 들어가서는 치마 속에 손을 넣고 한참을 주무르더라는 것이다. 그런 소문이 퍼졌다면 혜림이 부모가 찾아와 남자의 멱살이라도 잡아야겠지만 창피하고 딸만 손해 보는 일이라 쉬쉬하고 만 모양이었다. 하지만 가게 주인은 수분 엄마의 치매를 들춰내기만 하면 그것으로 결백을 인정받을 수 있는 것이었다.

얘기를 들은 사람들은 서로 눈짓을 주고받으며 수군거렸다. 그런데 분위기가 전과 달랐다. 사람들의 눈은 남자에게 호의적이지 않았다. 어디선가 그가 상습범이라는 말도 들렸다. 가겟집 남자에 대해서라면 나도 조금은 알고 있었다. 혜림이뿐만 아니라 어린 여자애들에게 수작을 걸다가 들킨 적이 한두 번이 아니라고 했다. 기름기가 번들거리는 남자의 얼굴 또한 도통 신뢰가 가지 않았다. 정말 그가 아무것도 모르는 혜림이에게 못된 짓을 하고도 찾아와 소란을 피운 거라면 용서할 수 없는 일이었다. 그런 분위기를 느꼈을까. 안 그래도 붉은 남자의 얼굴이 어느새 새빨개졌다.

그런데 그때였다. 잠깐 동안의 정적을 깨며 우리 집 현관문이 열렸다. 곧 엄마의 모습이 보였다. 안그래도 엄마가 보이지 않아 의아하던 참이었다. 낮잠이라도 잔 걸까. 그래서 소란이 벌어진 걸 몰랐을까. 뒤늦게 문을 열고 나온 엄마는 천천히 계단을 내려왔다. 엄마를 보자 수분 엄마는 그제야 안심하는 것 같았다. 그녀의 얼굴엔 요즘 들어 보기 드물게 환한 미소가 번지고 있었다. 수분 엄마는 얼른 엄마 곁으로 다가갔다. 엄마는 다가온 수분 엄마를 한동안 말없이 바라봤다. 그런데 그녀가 뭔가를 말하려는 순간이었다.

"이 사람아, 어쩌자고 그렇게 정신을 다잡지 못해. 어쩌자고 그렇게 없는 말만 만들고 다니는 거야!"

엄마는 다짜고짜 수분 엄마의 등을 치며 소리쳤다. 예상치 못한 탓일까. 그저 건성으로 치는데도 그녀의 몸은 샌드백처럼 힘없이 흔들렸다. 구세주를 만난 듯 환하게 미소가 번지던 얼굴도 순간 무참히 일그러졌다. 반면 아까까지 당황한 빛이 역력하던 남자는 잠깐 어리둥절한 표정을 지었다간 이내 환한 얼굴이 됐다.

"내가 저 노인네를 그냥······."

달려드는 사내를 이번에도 엄마가 막아섰다.

"아저씨가 참아요. 이 사람이 정신을 놓고 다니네요. 정말 죄송합니다."

엄마는 남자에게 정중히 사과까지 했다. 수분 엄마의 잘못은 자신의 잘못이라는 듯 한참이나 고개를 숙였다.

"아니 노망이 들었으면 집구석에 잠자코 처박혀 있던가. 내 아줌마 봐서 참습니다. 아줌마만 아니었어도 저 노인네를 그냥······."

남자는 아주 당당한 모습으로 돌아갔다. 남자가 돌아가자 모여 있던 사람들도 하나둘씩 흩어졌다. 이제 추하기까지 한 수분 엄마의 모습에 저마다 혀를 차면서였다.

"우리 영아 결혼 날짜도 잡혔는데 수분 엄마 때문에 큰일이네."

엄마는 이제 이런 말을 입버릇처럼 달고 다녔다. 복터의 위상에 더 이상 흠집을 내기 싫은 걸까. 아니 어쩌면 엄마는 두려운 건지도 몰랐다. 그렇다면 정말 우리 집엔 내가 모르는 무언가가 있는 것은 아닐까. 하지만 나는 엄마에게 그것이 무엇인지 묻지 못했다. 모든 진실은 용기를 필요로 한다는 걸 나는 알고 있었으니까.

"문 좀 열어 주세요!"

막 잠자리에 들려는데 누군가 현관문을 두드렸다. 은주 목소리 같았다. 수분 엄마에게 무슨 일이라도 생긴 걸까. 놀란 우리는 모두 잠자리에서 뛰쳐나왔다.

"삼촌이 사고를 냈대요. 시비 끝에 사람을 쳤다는데. 합의금이 있어야 한다고……."

은주는 금방이라도 쓰러질 것 같았다. 따지고 보면 수분 엄마보다 더 가여운 아이였다. 엄마 없이 자란 것도 모자라 이제는 치매에 걸린 할머니까지 떠맡은 처녀 가장이 돼 있으니. 그래도 회사며 집안일까지 씩씩하게 꾸려왔는데. 하지만 이번 일은 그 애 혼자 감당하기엔 너무나 벅차 보였다.

"합의를 못하면 구속이 될 거다. 어쩌냐, 미우나 고우나 할머니한테는 아들이고 너한테는 삼촌이니 그렇게 감옥에 가게 할 수는 없지 않겠니. 그러니 전세금을 빼서 합의를 봐라. 사실 지금 집은 너랑 할머니랑 둘만 살기는 좀 크지 않았니. 전세금 빼서 합의 보고 할머니하고 너는 사글세로 가는 게 가장 좋은 방법일 것 같다. 형편이 되면 내가 도와주고 싶지만 너도 알다시피 영아 시집보내느라 우리는 그나마 가지고 있던 농장도 팔아치운 형편이니 어쩔 수가 없구나."

시간이 얼마나 흘렀을까. 한동안 골똘히 생각하던 엄마는 명확한 해결책을 내놓았다. 다른 선택의 여지가 없다고 생각했는지 은주는 엄마 말대로 하겠다고 했다. 한시름 놓은 듯 눈물을 글썽이는 얼굴엔 엄마에 대한 고마움이 어려 있었다. 은주는 돈을 가능한 빨리 마련해 주십사 부탁했다. 그러곤 자세한 것을 알아보겠다며 피해자가 있다는 병원으로 향했다.

다음 날부터 엄마는 수분 엄마가 살 집을 보러 다니느라 바쁘게 뛰어다녔다. 엄마는 은주의 직장 근처 부동산을 몇 날 며칠 전전했다. 그러곤 마침내 알맞은 단칸방을 찾을 수 있었다. 집주인과 흥정해 방값을 깎은 것도 엄마였다. 수분 엄마가 살던 아래층도 내놓자마자 임자가 나섰다. 집이 나가야 전세금을 빼줄 수 있다며 수분 엄마를 생각하면 안타까운 일이지만 어쩔 수 없다고 했다.

엄마는 집을 보러 오는 사람들에게 집이 복터라고 말하는 것을 잊지 않았다. 사람들은 저마다 하나는 판사에, 하나는 외교관이요, 특히 딸은 알 만한 집으로 시집을 가게 생겼다는 사실에 복터를 의심치 않으며 너나없이 집에 침을 흘렸다. 엄마는 유독 야무져 보이는 새댁에게 세를 주기로 했다. 소란을 피울 아이들이 없는 신혼부부는 세를 주는 입장에선 가장 선호하는 대상이었다. 하지만 엄마는 그 집 내외가 다 관상이 좋다며 더욱 흐뭇해했다.

일은 순조롭게 진행됐다. 전세금 사천만 원에서 삼천만 원으로 합의를 봤다. 덕분에 종기 오빠의 형사 처벌도 면할 수 있었다. 수분 엄마와 은주는 처음엔 사글세로 갈 생각이었다. 하지만 다행히 천오백만 원으로 들어갈 수 있는 집이 있었다. 천만 원에 모자라는 오백만 원을 보태 준 건 엄마였다.

"영아도 시집보내야 될 텐데 돈까지 보태 주시고 아줌마네는 복 받을 거야."

"이 집 자식들이 잘되는 이유를 이제야 알겠어요."

어떻게 알았는지 사람들이 몰려와 한바탕 엄마를 추켜세우다가 돌아갔다. 사람들은 이젠 좀 동네가 조용해지겠다며 저마다 홀가분한 표정이었다.

"이것 좀 드셔 보세요."

누군가 계단을 올라오는 소리가 들렸다. 곧 고양이 그림이 그려진 에이프런이 현관문을 열고 들어섰다. 아침부터 지지고 볶는 냄새가 나더니 새댁의 양손엔 음식이 담긴 커다란 쟁반이 힘겹게 들려 있었다.

"안녕하셔요?"

새댁이 음식을 내려놓으려 허리를 굽히는 순간에야 우리는 그
녀가 혼자가 아니라는 것을 알았다. 낯설었지만 그녀가 누군지는
단박에 알 수 있었다. 치켜 올라간 눈매와 두툼한 입술이 한눈에도
새댁과 많이 닮아 있었다. 새댁의 친정엄마라고 확신한 엄마는 어
서 오시라며 반갑게 맞았다. 안으로 들어온 그녀는 다짜고짜 엄마
의 손부터 덥석 잡았다.

"그저 잘 부탁합니다. 애들이 주인아주머니가 너무 좋으시다고
입에 침이 마르게 자랑하기에 어떤 분인가 뵙고 싶었는데 듣던 대
로구먼요."

그녀는 보기에 민망할 정도로 허리를 끊임없이 굽실거렸다. 집
주인은 무조건 떠받들어야 한다는 사고방식이 각인된 모양이었다.

음식만 놓고 새댁은 바쁘다며 서둘러 계단을 내려갔다. 왁자지
껄 사람들의 노랫소리가 사라진 그녀를 대신해 좁은 계단을 올라
왔다. 아마도 아래층의 집들이는 밤늦게까지 계속될 모양이었다.

새댁의 친정 엄마는 집이 무척이나 마음에 든다고 했다. 그녀는
딸이 집을 봐두고 어떡할지를 고민하기에 우선 동네에 가서 그 집
주인들의 평판을 물어보라고 했다고 한다. 먼젓번 딸한테만 맡겼
다가 집주인을 잘못 만나 고생한 경험 때문이었다. 그런데 딸 하는
말이, 평판은 물론 자식들 모두 훌륭히 키운 존경스러운 분들이라

며 엄마 아빠를 그렇게 칭찬할 수가 없더라는 것이다.

"아이들을 잘 키우긴요. 그저 하나는 사법고시에 합격해 판사가 됐고, 하나는 외무고시에 합격해서 지금 외국에 나가 있습니다. 막내가 딸인데 대기업에 다니다가 시집갈 날이 얼마 안 남아서 그만두고 살림을 배우는 중이지요. 시댁이 한다는 집안이라 직장이 아까워도 할 수 없네요. 자식들이야 저절로 크는 거지 저야 뭐 한 일이 있어야지요. 그저 셋 다 모두 제 앞길은 가리고 사니 그게 된 거지요."

말하는 엄마는 은근히 목에 힘을 줬다. 듣고 있던 새댁의 친정 엄마는 판사와 외교관에 넋이 나간 듯 한동안 말을 잊지 못했다.

"참 복이 많으십니다. 나야 다 산 목숨이고, 우리 딸이라도 주인 아주머니처럼 살아야 할 텐데요."

남편을 일찍 여의고 뒤늦게 얻은 딸 하나만 바라보고 살았다는 그녀는 말끝에 눈물까지 글썽거렸다.

"그럼요. 꼭 그럴 겁니다. 우리 집이 터가 좋아서 그동안 세 들어 살던 사람들 모두 집 사고, 땅 사고 해서 나가지 그냥 빈손으로 나가는 법이 없습니다. 공부하는 아이들이 있으면 대학에 철커덕 붙고, 새댁들이 이사 오면 아들 바라는 집은 아들 낳고, 딸 바라는 집은 딸 낳고 한다니까요."

새댁의 친정 엄마는 밤이 늦어서야 돌아갔다. 엄마는 오랜만에 기분이 좋아 보였다. 시간이 지나자 아래층의 집들이도 끝난 모양이었다. 계단을 따라 올라오던 노랫소리가 더 이상 들리지 않았다.

본격적인 추위가 시작되려는지 며칠 전부터 바람이 매서웠다. 급기야는 한파주의보까지 내려진 모양이었다. 뉴스 화면에는 갑자기 밀어닥친 한파로 떼죽음을 당한 양식장의 물고기들이 허연 배를 드러낸 채 물 위에 둥둥 떠 있었다. 두터운 방한복으로 중무장한 기자는 갑자기 몰아닥친 한파로 인한 피해 사례를 나열해 보도했다. 말을 할 때마다 연기 같은 입김이 쉴 새 없이 뿜어져 나왔다. 마침 쓰레기를 버리러 나갔던 아빠가 현관문을 열고 들어섰다.

"오늘 밤 한뎃잠 자는 거지들 여럿 얼어 죽겠네. 어째 이렇게 갑자기 추워져 그래……."

잠깐 동안인데도 바람을 맞은 아빠의 코는 빨갛게 얼어 있었다.

그렇게 추워진 날씨 때문인지 아니면 아래층의 들뜬 분위기 때문인지 우리 식구 모두 쉽게 잠들지 못했다. 그런데 잠을 설치는 사람이 또 있는 모양이었다. 자정도 지났는데 차가운 공기를 가르며 전화벨이 울렸다. 텔레비전을 무심히 보던 엄마가 인상을 찌푸리며 수화기를 들었다.

"은주냐?"

엄마는 비명처럼 은주를 불렀다. 돌아보니 얼굴이 금세 하얗게 질려 있었다. 나는 다가가 얼른 전화기에 바싹 귀를 붙였다.

"할머니……, 할머니가 안 계세요……."

수화기 속에서 은주의 흐느낌이 흘러나왔다. 나는 그만 진저리를 치고 말았다. 순간 한뎃잠 자는 거지가 얼어 죽겠다는 아빠 말이 머리를 쳤다.

이사를 간 수분 엄마는 방 밖으로는 절대 나오려 하지 않았다고 했다. 그저 텔레비전 보는 일로 시간을 보낼 뿐이었다. 그런 할머니가 걱정은 됐지만 달리 방법이 없어 은주는 집안사람들에게만 부탁하고 출근을 했다. 하지만 어제는 야근하는 바람에 집에 돌아오지 못했다. 집주인에게 전화를 걸어 부탁했지만 그가 들여다보러 갔을 때 수분 엄마는 얌전하게 누워 잠이 들어 있었다. 집주인이 보기에 아침까지는 깨지 않을 거라 확신해도 좋을 것 같았다. 하지만 은주가 새벽에 집으로 돌아왔을 땐 수분 엄마의 모습은 보이지 않았다. 놀란 은주는 근처 파출소에 신고도 하고 발이 부르트도록 뛰어다녔지만 그녀의 흔적은 어디서도 찾을 수 없었다.

"우리 할머니 어떡해요……."

소리만 요란하던 바람은 급기야 내 방 창문을 찢을 듯 흔들어 댔다. 안 그래도 외풍이 심한 방이지만 그때까지 창문에 부딪히는 바람이 그렇게 야속한 적은 없었다. 엄마 아빠는 번갈아 밖을 내다보며 휘몰아치는 바람을 원망에 찬 눈으로 바라봤다. 하지만 시간이 갈수록 바람은 더욱 거세질 뿐이었다. 어둠 속에서 해를 낳는 건 바람일까. 창문을 휘어잡은 바람 소리는 마치 산고를 겪는 산모의 비명 같았다. 이 밤이 무사히 지나가길. 나는 두 손 모아 간절히 기도했다.

하지만, 창밖엔 끊임없이 바람이 분다. 마치 비명 같은 바람이.

그 봄날의 당신

텔레비전에 아버지가 나왔다. 놀라 사레가 들린 아내는 입에 넣은 밥알을 사방으로 튀기며 캑캑대고 있었다. 아버지가 왜 텔레비전에 나왔을까. 뉴스 화면에 나온 아버지는 한 아파트의 건설 현장에 있었다. 아버지가 건설 현장에 있는 건 놀라운 일이 아니었다. 하지만 화면 속 아버지는 평소 모습과 달랐다. 머리에 띠를 두르고 손에는 피켓을 들고 있었다. 뿐만 아니었다. 커다란 크레인에 올라가 고래고래 소리까지 질렀다. 물론 아버지의 얼굴은 모자이크로 친절히 처리돼 있었다. 하지만 모자이크의 맹점은 아는 사람은 다 알아본다는 것이었다.

겨우 기침을 멈추고 텔레비전을 뚫어져라 바라보던 아내가 말했다.

"저기 당신 회사 현장 아니에요?"

그제야 나는 그곳이 바로 우리 아파트 현장이라는 걸 알았다. 안 그래도 얼마 전까지 민원이 빗발치던 곳이었다. 고도를 제한하라는 둥, 교통 대란이 우려된다는 둥, 민원이 들어오는 이유는 하루에도 수십 가지였다. 내가 그곳으로 파견됐을 때 선배들은 고생 좀 할 거라며 머리를 절레절레 흔들었다. 갑자기 발령을 받게 된 건 오랫동안 그곳에 연고를 두고 있었기 때문이었다. 아는 사람도 많을 테니 민원을 해결하기 쉬울 거라며 회사 측에서 취한 조처였다.

다행히 근래엔 빗발치던 민원이 잠잠했다. 내가 한 일은 딱히 없었다. 하지만 회사에서는 내 능력을 높이 사는 것 같았다. 그런데 크레인에 올라간 아버지가 텔레비전에까지 나오다니. 갑자기 나도 아내처럼 먹은 밥이 튀어나올 것 같았다.

밥이라도 마저 먹고 가라는 아내의 말을 뒤로 한 채 서둘러 집을 나왔다. 밥을 삼킬 기분이 아니었다.

"이게 무슨 망신이야. 그 미친 노인네 때문에 아주 아침부터 방송 타고 난리도 아니야. 빨리 가서 해결해!"

역시, 뉴스를 본 모양이었다. 김 부장의 목소리가 전화기를 뚫고 나올 것 같았다. 아무리 그래도 미친 노인네라니. 안 그래도 울고 싶은 마음인데 곁에 있다면 주먹이라도 날렸을 것 같았다. 나는 뭐라고 하려던 말을 삼키곤 전화를 끊었다. 아버지를 그렇게 보는 것도 무리는 아니었다. 화면 속의 아버지는 내가 봐도 우스꽝스럽기 짝이 없었으니까.

"그냥 좀 대충대충 해. 요즘엔 빨리 하는 게 장땡이지 꼼꼼히 한다고 알아주는 줄 알아?"

아버지는 알아주는 미장이였다. 전에 살던 소읍에서는 굵직굵직한 건물에 아버지 손이 안 닿은 곳이 없었다고 했다. 하지만 어쩐지 서울로 올라온 후 아버지는 그리 좋은 대접을 받지 못했다. 그날도 문 씨 아저씨는 대장답게 근엄한 목소리로 훈계를 늘어놨다.

"이것도 다 절차가 있는디 우째 자꾸 날림으로 할라고 해싼대요."

하지만 마음이 상한 아버지는 집으로 가는 길을 재촉할 뿐이었다. 막걸리나 한잔하자는 아저씨의 말도 뿌리쳤다. 덕분에 나는 아버지를 기다려 얻어먹던 막대사탕을 그날은 먹지 못했다.

집에 돌아온 아버지는 수돗가에 쪼그리고 앉아 몸 구석구석을 씻었다. 일을 마치고 돌아온 아버지 몸에선 늘 시멘트 냄새가 났다. 엄마는 그 냄새를 가장 싫어했다. 피곤한 아버지가 대충 발만 씻고 들어가기라도 하면 기어코 다시 내쫓고는 문도 열어주지 않았다.

아버지가 몸을 씻고 들어오면 엄마는 마치 삥을 뜯는 양아치처럼 아버지의 일당부터 챙겼다. 하지만 돈을 건네받은 엄마는 곧 인상을 찌푸렸다. 다른 미장이들이 받는 일당보다 적었기 때문이었다. 그렇게 하다간 엄마가 갖고 싶은 다이아 반지를 사는 것도 먼 일 같았다.

엄마는 마을에서 최고 미인이었다고 했다. 그런 엄마와 아버지는 한눈에도 어울리지 않았다. 엄마가 결혼한 건 아버지 기술이 좋아 평생 고생하지 않을 거라는 주변의 말 때문이었다. 문 씨 아저씨의 권유가 있긴 했지만 아버지가 서울로 올라온 건 엄마를 위해서였다. 엄마는 작은 마을을 언제나 답답해했다. 특히 다이아 반지를 갖는 것이 소원인 엄마는 작은 마을에서 그것이 얼마나 딴 세계 이야기인지 알고 있었다. 하지만 서울로 가기만 하면 돈을 잘 벌 거라는 엄마의 기대는 물거품이 되고 말았다. 아버지가 일당을 내놓을 때면 엄마는 바가지를 긁거나 아버지 들으라는 듯 엉엉 소리 내 울었다.

그런데 아버지에게도 기회가 왔다. 문 씨 아저씨가 큰일을 맡은 것이다. 아저씨는 자신이 데리고 다니는 인부들을 모조리 사우디에 데리고 가기로 했다. 물론 아버지도였다. 그 사실을 안 엄마는 마치 다이아 반지를 손에 낀 사람처럼 기뻐했다.

하지만 아버지는 사우디에 가지 못했다. 서울로 올라온 후 아버지는 어찌 된 일인지 시도 때도 없이 어지럼증에 시달렸다. 사람들이 많이 모인 장소에라도 가면 머리를 싸쥔 채 주저앉아 한동안 꼼짝하지 못했다. 처음엔 그저 일시적인 현상이라고 생각했다. 아직 적응을 못해 그렇지 서울 생활에 적응만 하면 없어질 거라 믿었다.

하지만 아버지의 그 어지럼증은 좀처럼 나아질 기미가 보이지 않았다. 하늘에 날아가는 비행기만 봐도 머리를 싸쥐는 아버지는 다른 동료들이 사우디에 갈 때에도 그렇게 혼자 남지 않으면 안 되었다.

남편을 사우디에 보낸 아줌마들은 시도 때도 없이 몰려다녔다. 아버지가 사우디에 가진 않았지만 엄마도 함께였다. 동네 아줌마들이 몰려다니는 건 춤을 추기 위해서였다. 춤판이 벌어지는 건 주로 영순네 집이었다. 춤판이 벌어지는 날엔 영순네 집에서 어김없이 음악 소리가 흘러나왔다. 문 씨 아저씨네 축대를 타고 올라가면 영순네 안방이 한눈에 들여다보였다. 학교에서 돌아오면 나는 으레 문 씨 아저씨네 축대를 타고 올랐다.

영순네 안방에 옹기종기 모인 사람들은 두 사람씩 짝을 지어 손을 잡고 춤을 췄다. 아줌마들끼리 추는 게 재미없었는지 어느 날부터는 키 큰 남자 하나가 끼어 있었다. 흰색 남방에 역시 흰색 바지를 입은 남자는 기름통에서 방금 튀어나온 것처럼 머리며 얼굴이 모두 번들거렸다. 남자는 아줌마들을 하나씩 붙잡곤 밀고 당기고 그러다간 뱅글뱅글 돌렸다. 엄마가 영순네 집에 갈 때면 왜 무더위에도 양말을 신고 가는지 알 것 같았다. 아줌마들 모두 양말을 신고 있었다. 양말을 신어야 뱅글뱅글 잘 돌 수 있는 모양이었다. 고향의 최고 미인답게 엄마는 아줌마들 틈에서도 단연 돋보였다. 특히 엄마의 춤 솜씨는 확실히 뭔가 달랐다. 밀고, 당기고, 남자가 팔을 쭉 뻗었다가 다시 오므리는 동안 엄마는 다른 아줌마들보다 뱅글뱅글 몇 바퀴는 더 돌았다.

문 씨 아저씨보다 일찍 사우디에 간 영순네 아저씨가 돌아왔다. 이것저것 선물을 한아름 안고서였다. 영순네는 그동안 돈을 많이 모은 모양이었다. 아저씨가 온 후 영순네는 곧 이사를 갔다. 아파트가 즐비한 강남 어디쯤이라고 했다.

영순네가 이사 간 후 춤판은 우리 집으로 옮겨 왔다. 사우디에 가지 못한 아버지는 남보다 더 꼼꼼히 일하느라 남보다 일찍 일을 나갔고 밤늦게야 돌아왔다. 그래서 엄마는 나만 내보내면 종일 집 안에서 마음 편히 춤을 출 수 있었다. 나는 엄마가 쥐여주는 동전을 받곤 아무 말 없이 밖으로 나갔다. 하지만 막대사탕만 사서는 다시 집 안에 숨어들었다. 문틈으로 몰래 춤추는 엄마를 훔쳐봤다. 지르박과 블루스 음악이 낡은 전축에서 번갈아 흘러나왔다. 음악에 맞춰 엄마는 가볍게 스텝을 밟고 그러다간 양말과 장판의 마찰력을 이용해 돌고 또 돌았다.

156

그런데 어느 날이었다. 웬일인지 그날은 아버지가 일찍 돌아왔다. 아버지가 온 것도 모르고 엄마는 기름통 남자의 손을 잡고 춤을 췄다. 밀고 당기다간 뱅글거리며 돌고 또 돌았다. 아버지는 돌고 도는 엄마를 한동안 지켜봤다. 어느 순간 아버지의 표정이 일그러졌다. 곧 머리도 싸쥐었다. 또 어지럼증이 시작된 모양이었다. 하지만 아버지는 전같이 주저앉지 않았다. 머리를 싸쥔 채 춤추는 엄마를 뚫어져라 바라볼 뿐이었다. 어느 순간 아버지의 눈에서 불꽃이 튀었다. 아버지는 곧 무슨 힘에 떠밀리듯 방 안으로 뛰어들었다. 삽시간에 방 안은 쥐죽은 듯 조용해졌다. 놀란 엄마가 그대로 멈춰선 때문이었다. 하지만 엄마는 그저 조금 놀랐을 뿐이었다. 다른 아줌마들이 서로 눈짓을 주고받으며 방을 빠져나가는데도 엄마는 다시 전축의 볼륨을 높이곤 아버지에게 보란 듯 뱅글거리며 돌기 시작했다.

아버지는 잠자코 엄마가 도는 모습을 지켜봤다. 양말과 장판의 마찰을 이용해 돌아가는 엄마의 발과 함께 치맛자락도 뱅글뱅글 돌았다. 아버지가 뛰어들자 무슨 일이라도 벌어질 줄 알았던 사람들은 안심한 듯 그런 엄마를 지켜봤다. 그런데 갑자기 누군가의 비명이 음악 소리를 치고 올랐다. 동시에 방 안의 아줌마들도 돼지 먹따는 소리를 했다. 뱅글거리며 돌던 엄마가 어느새 바닥에 주저앉아 있었다. 뒤이어 아버지가 엄마의 몸을 깔고 앉았다. 버둥거려봤지만 엄마는 꼼짝하지 못했다. 아버지는 깔고 앉은 엄마를 사정 없이 두들겨 패기 시작했다. 아버지의 서슬에 기름통 남자는 이미 보이지 않았다. 소리를 지르던 아줌마들은 말려 보려 아버지의 몸을 몇 번인가 잡아끌었다. 하지만 역시 역부족이었다. 말리지 못한 여자들은 아버지의 매질이 잠잠해질 때까지 발만 동동 구르다간 어느 틈엔가 하나도 보이지 않았다.

그날 이후 소읍의 최고 미인이었던 엄마의 얼굴은 엉망이 됐다. 찐빵처럼 부풀어 오른 엄마 얼굴은 몹시 낯설었다. 엄마는 며칠 동안 이불을 덮어 쓴 채 울기만 했다. 어지럼증에서 정신을 차린 아버지는 손이 발이 되도록 빌었다. 하지만 소용이 없다는 걸 깨달은 후엔 아무것도 하지 않았다. 울음을 그친 엄마는 한동안 멍하니 창밖만 바라봤다. 일을 다녀온 아버지가 대충 씻고 들어와도 잔소리를 하지 않았다. 다이아 반지 타령도 하지 않았다. 아버지의 일당을 챙기지도 않았다. 바가지 긁는 소리가 사라진 집 안은 간만에 고요했지만 어쩐지 더 불안했다.

그러던 어느 날이었다. 학교에서 돌아오니 엄마가 보이지 않았다. 단지 엄마가 보이지 않았을 뿐인데 나는 엄마가 도망간 거라고 짐작했다. 지난 가을 이사간 충호네 엄마도 도망을 갔다. 남편이 사우디에 가 있는 동안 바람이 나는 여자들이 많다는 뉴스가 나온 후였다. 하지만 아버지가 사우디에 가지 않았는데도 엄마는 도망을 갔다. 동네엔 춤을 가르치던 기름통 남자와 함께 도망갔다는 소문이 돌았다.

엄마가 떠난 후 아버지는 줄곧 창밖만 봤다. 아침에 일어나서도 창밖을 보는 것이 먼저였다. 일을 다녀와 잠자리에 들기 전까지도 창밖만 보고 있었다. 그렇게 창밖을 보던 아버지가 어느 날 역시 창밖을 보며 말했다.

"쯧쯧쯧, 어째 저렇게 집을 날림으로 지었다냐."

나는 그제야 아버지가 밤낮없이 보는 곳이 거지아파트라는 걸 알았다. 왜일까. 태성아파트라는 간판을 버젓이 달았는데도 사람들은 그곳을 거지아파트라고 불렀다. 군데군데 패이고 페인트가 벗겨진 외벽이 마치 거지들이 걸친 넝마처럼 너덜거렸기 때문이었다. 애초에 자리를 잘못 잡았는지 주위의 건물들에 가려 꼭대기 말고는 볕도 잘 들지 않았다. 늘 그늘진 커다랗고 깊은 아치형의 입구는 먼빛으로 봐도 음산하기 짝이 없었다. 건물의 구조도 아파트치고는 너무 짜리몽땅했다. 누군가 발로 몇 번 밟아 놓은 듯 옆으로만 퍼져 있었다. 아무리 봐도 강 건너 보이는 늘씬한 아파트들과는 영 딴판이었다.

아버지는 그날 내게 외벽이 넝마처럼 너덜거리는 이유를 설명하고 또 설명했다. 아버지는 미장이답게 그건 미장일이 잘못된 탓이라 단정했다. 아버지 말이 미장일은 생각보다 단순하지 않았다. 처음 블록을 쌓고 그 과정에서 떨어진 부스러기를 잘 제거해야 시멘트를 바를 수 있었다. 이후 시멘트가 마를 때까지 기다리고 방수제를 바르고, 그렇게 몇 번의 공정을 거친 후에야 미장일은 완성되는 것이다. 아버지 말로는 미장일은 꼼꼼함은 기본이고 시멘트가 잘 마를 때까지 기다리는 것이 중요하다고 했다. 빨리하려고 기다리는 것을 소홀히 했다가는 날림 공사가 되는데, 바로 창밖에 보이는 거지아파트가 날림 집의 본보기라는 것이다. 말하는 아버지의 눈에선 빛이 났다. 엄마가 도망간 후 줄곧 풀죽어 있던 아버지의 그런 모습은 참 오랜만이었다.

아버지가 생기를 되찾은 건 다행이었다. 하지만 엄마가 도망갔다는 사실만으로 나는 그때 학교에서 문제아가 돼 있었다. 같이 싸움을 해도 사람들은 엄마가 없어 비뚤어졌다고 나만 나무랐다. 어쩌다 준비물을 챙겨가지 않아도 엄마가 없어 그렇다고 했다. 문제아인 내 옆엔 아무도 앉으려고 하지 않았다. 그런데 어느 날이었다. 한 아이가 새로 전학을 왔다. 교실을 두리번거리던 선생님은 어쩔 수 없다는 듯 녀석을 내 옆에 앉혔다.

희웅이란 녀석은 곧 우리 반에서 가장 인기남이 됐다. 예쁘장하게 생긴데다 다른 남자아이들처럼 짓궂지도 않고 지저분하지도 않았기 때문이었다. 지저분하기는커녕 녀석은 늘 깨끗한 손수건을 준비해 다녔다. 도시락을 싸와도 은박지로 반찬을 싸 국물이 새는 경우도 없었다. 간식 시간이 되면 곰돌이 푸우가 그려진 간식 통이 녀석의 책상 위에 올려졌다. 뚜껑을 열면 티슈에 싼 샌드위치가 가득 들어 있었다. 녀석은 티슈째로 샌드위치를 집어 조금씩 오물거리며 먹었다. 그때까지 나는 간식을 티슈로 싸오는 아이를 본 적이 없었다. 아버지는 간식으로 가게에서 산 크림빵이나 보름달빵을 뜯어 칼로 몇 번 자른 후 도시락통에 넣어 주었다. 그것도 마음먹고 한 것이지 평소엔 그냥 봉지째 넣어 주거나 아니면 삶은 계란이나 감자와 고구마 같은 것을 넣어 줄 뿐이었다.

녀석의 간식 통에 든 샌드위치는 보기만 해도 먹음직스러웠다. 여러 가지 야채를 마요네즈로 버무린 소를 빵과 빵 사이에 넣어 만든 샌드위치. 더구나 그 샌드위치를 티슈로 싸서 먹다니. 그런데 어느 순간부터 그런 녀석을 볼 때마다 배알이 뒤틀렸다. 이유 없이 한 대 쥐어박고 싶었다. 처음엔 짝이 생겨 다행이었는데 시간이 지나자 녀석의 꼴이 보기 싫어 학교도 가기 싫었다.

그러던 어느 날 자연 시간이었다. 수업을 마친 선생님은 짝끼리 해야 하는 과제를 내주셨다. 양파가 자라는 걸 관찰하는 일지를 함께 만드는 과제였다. 일단 양파를 유리컵에 넣고 물을 채우고 매일매일 양파가 얼마나 자라는지를 관찰해야 했다.

"우리 집에 양파가 있어. 같이 가자."

눈치가 없는지, 녀석은 나를 보며 여전히 해맑게 웃었다. 가고 싶진 않았지만 숙제를 안 하면 선생님한테 또 한소리를 들을 게 뻔했다. 나는 마치 도살장에 끌려가는 소처럼 녀석을 따라갔다. 나와는 달리 녀석은 신이 난 듯 보였다. 대체 어디까지 끌고 가려는 걸까. 어쩐지 일부러 내가 다니지 않는 길만 골라 가는 것 같았다.

그렇게 쫄래쫄래 앞서 가던 녀석이 어느 순간 발을 멈췄다. 드디어 집에 도착한 모양이었다. 나를 돌아보는 녀석의 입가엔 평소보다 더 환한 웃음이 걸려 있었다. 히죽대는 얼굴만 봐도 내게 집을 얼마나 보이고 싶어 하는지 알 것 같았다. 아니나 다를까. 녀석은 여전히 웃는 얼굴로 옆에 있는 건물을 바라봤다. 꼭대기부터 아래까지 천천히 눈으로 쭉 훑었다. 세상에서 가장 자랑스러운 것을 보는 눈빛이었다. 그런 녀석의 꼴을 보니 또 비위가 상했다. 하지만 티를 내고 싶진 않았다. 나는 별것 아니라는 듯 심드렁하게 녀석이 보는 곳으로 눈을 가져갔다. 그러곤 옥상 꼭대기에 걸린 간판의 글씨를 무심코 소리 내 읽었다.

"태성아파트."

갑자기 뭔가에 얻어맞은 듯 정신이 멍했다. 놀라 휘둥그레진 눈을 들어 다시 건물을 올려다봤다. 군데군데 패이고 너덜거리는 외벽. 발로 몇 번 밟은 듯한 짜리몽땅한 몸매와 볕이 들지 않아 음산하기 짝이 없는 입구까지. 그랬다. 아무리 눈을 씻고 다시 봐도 그곳은 분명 거지아파트였다.

하지만 놀라 굳어 있는 나는 아랑곳없이 녀석은 쏜살같이 건물 안으로 뛰어들었다. 돌아보며 내게 어서 오라는 듯 손을 흔들었다. 나도 모르게 꿀꺽 소리를 내며 침이 넘어갔다. 녀석의 집이 거지아파트였다니. 아버지 말론 그곳은 서울에서 가장 날림으로 지은 집이었다. 집이 사람에게 얼마나 중요한지 아버지는 시간이 날 때마다 말했었다. 아버지가 적은 일당을 감수하면서까지 좋은 집을 짓기 위해 애쓰는 것도 그만큼 집이 중요하기 때문이었다. 그런 아버지의 말을 들으면, 거지아파트에 사는 사람들은 모두 불행할 것만 같았다. 갑자기 가슴이 벅차올랐다. 겉만 번지르르한 녀석의 실체를 온전히 볼 수 있을 것 같았기 때문이었다. 그것이 무엇인지 아이들에게 하나도 빠트리지 말고 모두 떠벌려야지. 나는 우선 숨을 크게 한번 들이마셨다. 뛰는 가슴을 움켜잡으며 녀석을 따라 안으로 들어갔다.

그런데 입구의 음산함을 벗어났을 때였다. 어쩐지 눈앞이 환해지는 것 같았다. 곧 밝은 빛과 함께 거지아파트의 내부가 고스란히 모습을 드러냈다.

어떻게 된 걸까. 그곳은 내가 생각했던 모습이 아니었다. 어디서 들어오는지 어두운 입구와는 대조적으로 로비엔 빛이 쏟아지고 있었다. 그 끝엔 나사처럼 돌돌 말린 계단이 보였다. 녀석을 따라 계단을 오르자 복도를 사이에 두고 네모 반듯한 집들이 일렬로 죽 늘어서 있었다. 페인트칠을 한 지 얼마 안 된 철문 앞엔 번호판도 붙어 있었다. 그 옆엔 누르면 소리가 나는 초인종도 있었다. 녀석이 초인종을 누르자 문이 열리며 안에서 홈드레스를 입은 여자가 나왔다.

"엄마!"

녀석은 곧 여자의 품에 안겼다. 순간 그녀의 입가에 물결처럼 환하게 미소가 번졌다.

나는 그날 매일 어깨너머로 구경만 하던 티슈에 싼 샌드위치를 맛볼 수 있었다. 부엌에서 뭔가를 만드는 것 같던 녀석의 엄마는 얼마 지나지 않아 접시에 샌드위치를 담아 왔다. 역시 티슈로 하나씩 싸서 손에 쥐고 먹기 좋았다. 그녀는 한강이 보이는 거실을 내게 보여 주었다. 우리 집에서도 보이긴 했지만 바로 코앞에 펼쳐진 한강의 모습은 우리 집에서 보던 것과는 차원이 달랐다. 말수가 적은 줄 알았는데, 제 엄마 앞에서 녀석은 끊임없이 재잘거렸다. 그녀는 미소를 잃지 않으며 녀석이 하는 말을 귀 기울여 들었다.

집에 돌아온 나는 일찍 이불을 덮고 누웠다. 아버지가 왔는데도 쳐다보지 않았다. 무슨 일이냐며 이불을 걷어 젖힌 아버지는 통통 부은 내 얼굴을 보곤 몹시 놀라는 것 같았다. 나는 그런 아버지를 씩씩대며 쏘아봤다. 당황한 아버지에게 거지아파트에 갔었노라 말했다. 그곳에서 본 것도 모두 말해 버렸다. 안으로 들어갈수록 환해지던 입구와 나사처럼 돌돌 말린 계단. 일렬로 늘어선 집들과 한강이 내다보이던 베란다까지. 그리고 샌드위치를 만들어 주던 엄마와 그녀가 녀석을 바라보던 따뜻한 눈빛까지도.

말하고 나니 그제야 내가 화가 난 이유를 알 것 같았다. 그건 단지 거지아파트가 생각했던 것과 달랐기 때문이 아니었다. 나는 집이 가진 이중의 의미를 비로소 깨달은 것이다. 아버지가 중요하게 생각하는 집과 내가 필요로 하는 집이 다르다는 것을. 내게 필요한 집은 나를 위해 정성껏 간식을 만들고, 학교에서 돌아가면 반겨 줄 엄마가 있는 집이었다. 그런 집을 만드는 데 미장일은 아무짝에도 쓸모가 없었다. 미장일이 가장 중요하다는 아버지의 말은 모두 거짓이었다. 아버지가 평생 해온 일이 아무짝에도 쓸모없는 일이라는 사실이 화가 나 견딜 수 없었다. 날림으로 해서 일당을 좀 더 받았다면 엄마가 도망가지는 않았을 텐데. 그동안 아버지에게 속은 것이 분하고 억울해 나는 그만 목 놓아 엉엉 울고 말았다.

그 후로 아버지는 다시는 미장일의 중요성을 말하지 않았다. 그저 멍하니 창밖을 바라볼 뿐이었다. 미장일에 대해 말하진 않았지만 아버지가 보는 곳이 여전히 거지아파트라는 건 알 수 있었다.

그런데 줄곧 내 눈치를 보는 것 같던 아버지가 어느 날 역시 눈치를 보며 물었다.

"걔 이름이 뭐냐? 니 짝이라는 애."

하지만 이름뿐이 아니었다. 어느 날부터 아버지는 희웅이에 대한 관심이 많아졌다. 일에서 돌아오면 아버지는 곁에 다가앉으며 그 애가 공부는 잘하는지 물었다. 어떤 땐 뭘 입고 왔는지 묻기도 했다. 나는 아버지가 묻는 말에 성실하게 대답했다. 녀석은 공부도 썩 잘하는 편이었다. 매일 선생님이 칠판에 쓰는 산수 문제를, 손을 들고 나가 아이들이 지켜보는 앞에서 풀었다. 녀석은 옷차림도 세련됐다. 남자 아인데도 발목까지 오는 털 달린 부츠를 신었다. 나는 아버지에게 그 애가 신은 부츠에 대해 말했다. 남자애가 부츠를 신은 걸 우리 동네에선 보지 못했기 때문에 나도 모르게 흥분하며 말한 것 같았다.

그런데 아버지가 저녁을 먹고 없어졌다. 아버지는 저녁만 먹으면 자리를 펴고 곯아떨어지는 사람이었다. 아마 담배가 떨어져 사러 간 모양이라고 생각했다.

아버지는 한참 만에야 돌아왔다. 얼마나 돌아다녔던지 까무잡잡한 얼굴이 빨갛게 얼어 있었다. 아버지는 품에서 뭔가를 꺼내 내 앞에 내밀었다. 아버지의 손엔 발목까지 오는 빨간 털 부츠가 들려 있었다. 나는 놀라 아버지와 손에 들린 신발을 번갈아 바라봤다.

"내일부터 이걸 신고 다녀라."

녀석이 신었다고 했지 신고 싶다고 한 건 아니었는데. 빨간 부츠를 신은 내 모습을 상상하자 나도 모르게 얼굴이 훅 달아올랐다. 하지만 너무나 완강한 아버지 때문에 다음 날부터 나는 털 달린 빨간 부츠를 신고 학교에 가야 했다.

아버지는 그 후로도 희웅이가 갖고 있는 것은 똑같이 다 사줬다. 모자 달린 코트나 자동 연필깎이도, 42색 크레파스도 아버지는 저녁을 먹고는 아무 말도 없이 사라졌다간, 사들고 왔다. 그 후 나는 뭔가 갖고 싶으면 희웅이가 갖고 있다고 했다. 왕구슬이나 왕딱지도 그랬다. 그러면 아버지는 아무 의심 없이 뭐든지 다 사줬다.

내가 반장 후보에 오른 건 모두 아버지 덕분이었다. 원하는 것은 뭐든지 다 해주는 아버지에게 보답을 해야겠다 생각했을까. 나는 숙제도 잘하고 준비물도 꼼꼼히 챙겼다. 그런 나의 개과천선을 기특하게 여긴 선생님이 나를 반장 후보에 올려 준 것이다. 물론 희웅이도 함께였다.

드디어 반장 선거가 있는 날이었다. 인기 있는 아이답게 희웅이는 압도적인 표차로 반장이 됐다. 일터에서 돌아온 아버지는 반장선거의 결과부터 물었다. 나는 떨어졌노라 힘없이 말했다. 말을 하고 나니 풀죽어 있을 일도 아니었다. 어차피 내가 반장이 될 수 없는 건 누구나 다 아는 사실이었다. 문제아로 찍혔던 내가 후보에 오른 것만도 놀라운 일이었으니까.

하지만 그때였다. 갑자기 내 몸이 붕 떠올랐다. 뭔가에 끌려가고 있다는 생각이 든 건 한참 후의 일이었다. 정신을 차려보니 나는 아버지의 손에 끌려 어딘가로 가고 있었다. 방문을 넘고 대문을 지나 골목길도 금방 벗어났다. 사람들은 대롱대롱 매달려 가는 나를 신기한 눈으로 바라봤다. 그렇게 한참을 끌려가다 문득 어디로 가는지가 궁금했다. 마침 낯익은 곳이 눈에 띄었다. 학교였다.

교무실에 들어서자 저만치에 책상 정리를 하는 선생님이 보였다. 선생님은 곧 나를 발견했다. 정확히 말하면 아버지의 손에 끌려오는 나를.

"전학 온 지 얼마 되지도 않은 아이를 반장으로 뽑으면 어떻게 합니까!"

아버지의 목소리는 교무실에 쩌렁쩌렁 울렸다. 안에 있던 모든 선생님의 눈이, 나와 아버지에게 쏠렸다. 막 퇴근을 하려던 선생님은 무척 황당한 표정이었다. 나는 쥐구멍이라도 있으면 들어가고 싶었다. 하지만 눈을 씻고 봐도 개미구멍 하나 보이지 않았다.

아버지는 그날 선생님의 퇴근 시간을 두 시간이나 늦춘 끝에 겨우 집으로 돌아왔다. 하지만 아버지가 아무리 생떼를 써도 한번 뽑은 반장이 다시 바뀌지는 않았다.

그날 후로 나는 옆집 대학생 누나에게 과외를 받아야 했다. 주산 학원에도 다니고 미술 학원에도 다녔다. 우리 같은 달동네에서 그렇게 사교육을 많이 받는 아이는 나뿐이었다. 물론 아이들과 놀 시간이 없는 게 흠이었지만 내가 학원 가방을 들고 집을 나설 때면 아이들은 부러운 눈으로 나를 끝까지 따라왔다. 그런 아이들의 눈빛이 싫지 않았다. 나는 내가 굉장한 특권을 누리고 있다는 걸 알았다. 나는 그런 특권을 언제까지고 누리고 싶었다.

그런데 어느 날이었다. 희웅이가 새로 필통을 들고 왔다. 출장 갔던 아빠가 외국에서 사온 거라고 했다. 자가용을 몰고 비행기도 타본 그 애의 아빠는 버튼을 누르면 지우개도 나오고 연필깎이도 튀어나오는 필통도 사왔다. 다른 아이들이 희웅이의 필통을 부러운 눈으로 바라봤다. 하지만 나는 신나게 집으로 달려갈 수 있었다. 그까짓 필통쯤 아버지에게 말하면 당장 달려가 사 줄 테니까.

역시 아버지는 필통에 대해 자세히 물었다. 버튼을 누르면 연필깎이도 나오고 지우개도 튀어나온다고 하자, 그것이 어디서 파는지 물었다. 나는 외국에 갔던 그 애의 아빠가 사 가지고 왔다고 했다. 그 애의 아빠가 타고 온 자가용에 대해 말할 땐 나도 모르게 흥분해 우리 집만큼이나 큰 차라고 말해 버렸다. 내가 뱉은 말에 흠칫 놀라 말문이 막혔을 때였다. 아니나 다를까 아버지의 표정이 어느새 돌처럼 굳어 있었다. 아버지는 싸늘한 눈빛으로 말했다.

"이제 걔하고 놀지 마!"

결국 나는 희웅이가 갖고 있던 필통을 가질 수 없었다. 그리고 내가 누리던 혜택도 다시 주어지지 않았다. 얼마 후 희웅이네가 아예 외국으로 이민을 갔기 때문이었다.

　나는 그 후로 거지아파트에 사는 사람과 한 번도 가까이 지내보지 못했다. 어쩌면 의도적으로 피한 건지도 몰랐다. 세월이 흐른 후, 나는 그곳이 그 옛날에는 서울에서 가장 좋은 아파트였다는 사실을 알게 되었다. 몇십 년이 흘러도 끄떡없는 내부를 보면, 빈말이 아닌 모양이었다. 하지만 문제는 외벽이었다. 이제 그것은 아무리 페인트칠을 해도 영 폼이 나지 않았다. 아니 페인트칠을 한 후엔 언제나 어울리지 않는 옷을 입은 것처럼 어색하기까지 했다. 내부 구조도 문제였다. 채광이 들지 않는 입구의 음산함은 초창기 아파트가 가진 결점 중 하나였다. 그리고 그것이 그곳을 거지아파트로 만든 이유였다. 나는 이제 더 이상 그곳을 거지아파트라고 부르지 않았다. 아버지 또한 더 이상 그곳을 보며 눈을 빛내지 않았다.

　그런데 내가 고등학생이었을 때였다. 가을이었는데도 비가 많이 내리던 날이었다. 며칠 동안 계속된 비로 한강물이 다리까지 차올라왔다. 태풍이 일본에 상륙하며 덩달아 따라온 비구름 때문이라고 했다. 억수같이 퍼붓는 비 때문에 학교도 뒤숭숭했다. 쏟아지는 빗소리에 선생님의 목소리도 잘 들리지 않았다. 수업에 집중하지 못한 아이들은 장대비를 뚫고 오느라 젖은 옷을 말리는 데만 신경 썼다. 그런데 막 2교시가 끝났을 때였다. 스피커에서 학생주임 선생님의 목소리가 흘러나왔다.

"여러분! 비가 너무 많이 와서 단축 수업을 실시하겠습니다. 버스도 다니기 어려울 테니 조심해서 되도록 걸어가세요."

갑자기 우레 같은 함성이 쏟아졌다. 단축 수업이라니. 자율학습 시간에도 눈을 빛내며 아이들을 감시하던 학생주임 입에서 그런 말이 나올 줄이야. 우리는 횡재라도 한 듯 기쁨에 날뛰었다. 아예 홍수가 나 학교가 물에 잠기면 좋을 텐데. 삼삼오오 모인 녀석들은 기쁨에 얼싸안으며 그렇게 간 큰 소리를 했다.

나는 친구들과 함께 남산을 돌아 집까지 걸어왔다. 버스를 타면 삼십 분도 안 걸리는 길을 두 시간이 넘게 걸어야 했다.

겨우 집에 오니 아버지가 벌써 와 있었다. 아니 일을 나가지 않은 건지도 몰랐다. 아버지는 그때 어느 교회의 공사 현장에 나가고 있었다. 하지만 단축 수업도 하는 마당에 공사라고 제대로 될 리 없었다. 대충 발을 씻고 젖은 몸을 수건으로 닦았다. 다녀왔습니다, 소리 내 인사했지만 아버지는 대꾸 없이 창밖만 바라봤다. 그런 모습은 참으로 오랜만이었다.

"뭘 봐요, 아버지?"

곁에 다가갔지만 아버지는 여전히 돌아보지 않았다. 대신 턱으로 창밖을 가리켰다. 아버지가 가리키는 곳을 눈으로 따라갔을 때였다. 순간 나는 그만 입이 떡 벌어지고 말았다. 창밖의 모든 풍경이 물에 잠겨 있었다. 한강을 가로지른 다리들도 상판만 남은 채 잠겨 있었고 강변 주위의 가로수들도 보이지 않았다. 무엇보다 놀라운 건 거지아파트였다. 건물의 절반이 잠긴 채 창문이 맨 위 두 층밖에 보이지 않았다. 아무리 비가 많이 오고 강변이 잠겼어도 아파트가 물에 반이나 잠기다니. 보면서도 믿기지 않았다. 어쩌다 저렇게 됐을까. 하지만 생각할 겨를도 없이 아버지는 아파트 지하에 있던 펌프 시설이 고장났다고 말해 주었다. 지하실에서 차오르기 시작한 물이 건물뿐이 아닌 도로까지 점령했다고. 내가 학교에 가 있는 동안 사람들이 대피하고 난리도 아니었던 모양이었다. 아버지는 거지아파트가 물에 잠기던 과정을 자세히 설명했다. 아버지는 그 과정을 창문에 서서 모두 지켜본 모양이었다.

"저것 봐라, 저렇게 날림으로 집을 지었으니 문제가 안 생기겠냐?"

근처 동사무소로 피신했다는 이재민들에는 아랑곳없이 아버지는 물난리에 신이 난 사람처럼 떠들어댔다. 그날 아버지는 모처럼 기분이 몹시 좋아 보였다.

분명 크레인에 올라가 있었는데, 현장에 도착했을 땐 아버지의 모습은 보이지 않았다. 순간 가슴이 철렁 내려앉았다. 차를 도로변에 아무렇게나 세워두고 무작정 뛰기 시작했다. 하지만 모여든 사람들을 헤치고 가는 걸음은 더디기만 했다. 얼마쯤 가자 소방차와 경찰차, 방송국 차가 크레인을 둘러싸고 있는 것이 보였다.

"사장 나오라고 해!"

그리고 웅성거리는 사람들 틈에서 낯익은 목소리가 들렸다. 아버지였다. 그 목소리가, 그 말이 너무 반가워 그만 와락 눈물이 날 것 같았다.

"사장 좀 바꿔라."

어느 날 아버지는 전화에 대고 다짜고짜 그렇게 말했다. 그러더니 그런 회사나 다니려고 공부를 했냐는 둥, 그런 회사였다면 애초에 다니지도 못하게 했다는 둥, 한번 시작된 아버지의 억지는 끝이 없었다.

"무…… 무슨 일이에요?"

영문을 모르는 난 말까지 더듬었다. 하지만 아버지는 한동안 화를 주체하지 못했다. 그렇게 한참을 씩씩대던 아버지는 마음을 겨우 가라앉히고 입을 열었다.

"글쎄. 그놈의 아파트를 새로 짓는단다."

나는 아버지가 말하는 아파트가 무엇인지 단박에 알아차렸다. 아버지의 입에서 다시 거지아파트가 나오다니. 나는 마치 무언가에 얻어맞은 듯한 충격에 멍하니 다음 말을 기다렸다.

거지아파트가 재개발이 되는 모양이었다. 하긴 낡을 대로 낡아 쓰러지기 일보 직전이니 다시 짓는 게 당연했다. 그런데 그것과 우리 회사가 대체 무슨 상관일까.

"먼지도 나고 그렇게 높게 지으면 어쩌란 말이야. 내가 여태 이 곳을 못 떠나는 게 전망 때문인데 그렇게 높으면 어쩌란 말이다!"

아버지는 수화기가 터질듯 고래고래 소리를 질렀다. 어디서 우리 회사가 재개발 사업을 따냈다고 들은 모양이었다. 나는 그제야 아버지가 화가 난 이유를 알 것 같았다.

아버지는 사장에게 말해 그것을 당장 막으라고 했다. 정말 억지도 그런 억지가 없었다. 무슨 수로 위에서 하는 일을 말단 직원인 내가 막을 수 있을까. 하지만 아버지는 막무가내였다. 나는 대충 알았다고 하고 전화를 끊었다. 안 그러면 종일이라도 전화를 붙들고 있을 것 같았다.

나는 이곳저곳 부서들을 돌아다닌 끝에 우리 회사가 재개발 사업을 따냈다는 아버지 말이 사실인 걸 알아냈다. 아직 공표가 나오기 전이라 회사에서도 간부급들만 아는 일이라고 했다. 그런데 아버지는 대체 어떻게 알았을까.

퇴근을 하고 집에 들어가니 아내가 가방을 받아들며 아버님이 전화하셨어, 했다. 순간 덜컥 가슴이 내려앉았다. 아버지는 아마 아내에게도 같은 억지를 부렸을 것이다. 아니나 다를까. 아버지에게 오랫동안 시달렸는지 아내는 고개를 절레절레 흔들었다.

아버지는 한동안 아파트 짓는 것을 막기 위해 뛰어다녔다. 여기저기 민원도 넣고 시위도 벌였다. 하지만 이미 재개발은 확정된 상태였다. 살고 있는 사람도 별로 없어 보상 문제도 쉽게 끝날 거라고 했다. 결국 아버지가 할 수 있는 건 공사가 진행되는 과정을 그저 지켜보는 일뿐이었다.

아무것도 할 수 없는 허탈감 때문일까. 아버지는 옛날에 그랬던 것처럼 어지럼증을 호소하며 앓아누웠다. 전에 종합 검사까지 받아봤지만 별다른 원인을 찾진 못했다. 다시 병원에 모시고 갔지만 역시 이상이 없다는 말만 들었을 뿐이었다. 하지만 아버지는 꽤 오랫동안 몸져누워 꼼짝하지 못했다. 그런 아버지를 생각하면 언제나 마음이 편치 않았다. 산동네에서 살 수 없다는 아내와 자신이 짓고 가꾼 집에선 한 발짝도 떠날 수 없다는 아버지 때문에 모시지 못하는 죄책감이 늘 마음을 무겁게 했다. 그대로 있을 수 없어 하루 휴가를 냈다. 아버지에게 다녀올 생각이었다. 아침 일찍 집을 나서는 내게 아내는 이것저것 밑반찬을 챙겨 줬다. 몸져누워 계실 줄 알았는데 집 안에 들어가자 아버지는 무슨 일인지 창밖을 보고 있었다.

아버지 곁에 서서 나도 창밖을 바라봤다. 예상대로 아버지가 보는 곳은 거지아파트였다. 하지만 철거 공사가 한창인 그곳은 가림막이 쳐져 꼭대기만 조금 보일 뿐이었다. 오랫동안 철거를 준비한 회사 측에선 폭파 공법을 쓰기로 했다. 외국의 전문가가 초빙돼 왔다는 말을 들었는데 바로 철거를 하는 날인 모양이었다. 먼빛으로도 현장의 부산함이 그대로 느껴졌다.

시간이 얼마나 지났을까. 천지를 흔드는 폭발음이 땅을 흔들었다. 가림막 속에서 곧 산 같은 먼지가 솟아올랐다. 그리고 먼지가 걷혔을 땐 꼭대기만 보이던 거지아파트의 모습은 그마저도 보이지 않았다. 여기저기서 환호성이 쏟아졌다. 박수 소리가 들리기도 했다. 나는 곁에 있던 아버지를 바라봤다. 하지만 얼른 고개를 돌려야 했다. 아버지의 눈에서 소리 없이 눈물이 흐르고 있었기 때문이었다.

이제 그것으로 끝이라고 생각했는데, 아버지는 다시 시위를 벌이기 시작했다. 텔레비전에 홍보 관련 뉴스가 보도된 후였다. 회사측에서 그곳을 서울에서 가장 고급 아파트로 만들겠다고 나선 것이다. 고급 상가와 고급 주거 시설이 공존하는 주상 복합의 형태가 될 거라고 했다. 한강을 끼고 있어 서울에서 가장 전망 좋은 아파트가 될 거라며 회사에선 대대적으로 홍보하고 나섰다.

그 사실을 안 아버지는 처음엔 고도 제한을 해달라며 민원을 넣었다. 어느 날은 교통이 불편하다며 시위를 벌였고 진정서에 서명까지 받았다. 한강변을 끼고 초고층 건물이 들어앉는다는 사실에 여러 곳에서도 민원이 제기됐다. 하지만 아무리 그래도 설계가 변경되지는 않았다. 아버지의 민원도 번번이 묵살됐다. 민원을 제기

176

하던 다른 사람들은 시간이 지나자 잠잠해졌다. 하지만 아버지는 멈추지 않았다. 그리고 결국 그렇게 크레인 위까지 올라간 것이다.

"사장을 불러! 너희들하곤 말 안 한단 말이다. 이놈들아!"

겨우 사람들 틈을 비집고 앞으로 갔을 때였다. 아버지는 막 경찰차에 실리는 중이었다. 앙상하게 마른 아버지의 몸이 검불처럼 들려 짐처럼 실려졌다. 나는 빠르게 아버지를 쫓아갔다. 하지만 차는 이미 현장을 벗어나고 있었다.

안 그래도 막히는 주변 도로가 아버지가 벌인 소란으로 주차장을 방불케 했다. 멈춰 선 차창 밖으로 아버지가 올랐던 크레인이 보였다. 가까이서 보니 그저 올려다볼 뿐인데도 현기증이 날 것 같았다. 그런데 저 높은 곳에 아버진 어떻게 올라간 걸까. 시도 때도 없이 어지럽다며 머리를 싸쥐는 아버지가 말이다.

나는 그만 웃음을 터트리고 말았다. 갑자기 크레인에 올라갔던 아버지를 보며 돈키호테를 떠올린 순간이 생각났기 때문이었다. 화면에 나온 아버지를 보며 아내가 캑캑대던 순간 나는 엉뚱하게도 풍차 앞에 선 돈키호테를 떠올렸던 것이다. 대체 아버지의 이 무모한 싸움은 언제까지 계속될까. 그런데 그때였다. 공사장 앞에 붙은 홍보 현수막이 크레인을 밀어내며 눈에 들어왔다.

'서울에서 가장 살기 좋은 곳, 당신이 꿈에 그리던 바로 그 집!'

웃음이 고였던 눈에 갑자기 눈물이 핑 돌았다. 이제 아버지는 더욱 막강해진 상대와 싸워야 할 것 같았기 때문이었다.

어디서 날아오는 걸까. 어느 순간부터 꽉 막힌 도로에 벚꽃이 비가 되어 날리고 있었다. 그러고 보니 벚꽃이 한창일 때였다. 꽃놀이라도 가는지 도로엔 관광버스들이 많이 눈에 띄었다. 나는 꽃비가 내리는 하늘을 다시 올려다봤다. 그 하늘 위엔 역시 높다란 크레인이 솟구쳐 있었다. 그리고 그곳에 아버지가 있었다. 일생에서 가장 큰 용기를 냈을 아버지가, 봄날의 햇살처럼 눈부시게.

그런데 아버지는 지금 대체 어디로 가는 걸까. 마음이 급해진 나는 앞차에 대고 클랙슨을 한 번 더 힘껏 눌렀다. 드디어 차가 움직이기 시작했다. 얼마쯤 가자 흩날리던 꽃비가 더 이상 보이지 않았다. 그 봄날의 아버지도 그렇게 멀어져 갔다.

금연

언제부턴가 회사 내에선 금연 열풍이 불기 시작했다. 정부 정책에 따라 건물 내에선 담배를 못 피게 하는 것은 물론, 새달부터는 금연에 성공한 사원들에게 가산점을 줘 승진과 곧 있을 인사이동에 유리하게 적용하겠다는 것이다.

안 그래도 이번 인사이동 때는 어떻게든 서울로 갈 생각이었다. 하지만 아무리 생각해도 뾰족한 수가 없었다. 여태 뛰어나게 실적을 올린 것도 아니고 그렇다고 윗선에 줄이 있는 것도 아니었다. 그런데 서울로 올라갈 수 있는 한 줄기 빛이 생긴 것이다. 게시판의 공고를 보는 순간 나는 어떡해서든 금연에 성공해 반드시 서울로 가리라 다짐했다.

작심을 하고 덤빈 탓인지 처음엔 생각만큼 금연이 그리 어려운 것 같지 않았다. 하지만 며칠이 지나자 담배 생각에 눈앞이 빙빙 돌고 어지럽기까지 했다. 다시 며칠이 지나자 손발이 떨리고 이유도 없이 어딘가가 자꾸 아픈 것 같았다. 어쩔 수 없이 집으로 돌아온 나는 담배 한 갑을 앉은 자리에서 모조리 피우고야 말았다. 더욱 단 담배 맛을 보니 끊을 용기가 나지 않았다. 안 되겠다 싶어 집안에서는 피고 회사에서는 어떻게든 참아보리라 다짐했다. 하지만 다음날 회사에 가보니 게시판에 커다란 대자보가 붙어 있었다. 금연을 선언한 사원들은 검사를 통해 수시로 혈액에 니코틴이 남아 있는지를 확인하겠다는 것이다. 내 머리로 생각할 수 있는 꼼수라면 회사에서도 얼마든지 간파할 수 있는 것이었다. 게다가 금연을 하겠다고 했다가 중간에 포기할 경우 불이익을 받는 것도 회사의 방침이었다. 그러니 금단 현상에 아무리 눈앞이 빙빙 돌아도 버티고 견딜 수밖에 없었다.

이사를 결정한 것도 금연을 위한 것이었다. 살던 집은 금연을 하기엔 장애물이 많았다. 단층 한옥은 가운데 주인집을 중심으로 내 방과 슈퍼마켓에서 배달하는 정 씨의 방이 마주하고 있었다. 집안에 여자라곤 주인집 아줌마뿐이고 그 집 아들까지 남자가 나를 포함해 전부 네 명이었다. 그런데 그들 모두 골초 중에서도 골초였다. 나를 포함한 집안의 남자들이 아침에 가장 먼저 하는 것이 담배를 피우는 일이었다. 잠자리에 들기 전에도 마당에 모여 함께 담배를 피웠다. 그러니 그런 집에서 금연이란 아무리 돌부처 같은 사람이라도 불가능했다.

금연을 위해 나는 부동산에 여자들이 많은 집을 선호한다고 했다. 처음 이상하게 보던 부동산 남자는 자초지종을 들은 후엔 반드시 금연을 할 최선의 방을 찾아주겠다고 했다.

하지만 입맛에 맞는 방을 찾는 건 쉽지 않았다. 금연도 그렇지만 돈도 문제였다. 돈이 맞다 싶으면 금연에는 최악의 조건이었다. 또 방이 마음에 들면 돈이 한참이나 모자랐다. 처음엔 금연만 할 수 있으면 다른 건 아무래도 상관없다고 생각했다. 하지만 막상 방을 얻으려니 욕심을 부리지 않을 수 없었다. 반나절 동안 나를 끌고 다니던 부동산 남자는 언제부터인지 내게 노골적으로 불만을 토로했다.

"아니 그만한 돈으로 마음에 쏙 드는 방이 어디 있겠어요?"

그런데 말을 마친 남자의 얼굴이 갑자기 환해졌다. 남자는 나를 향해 회심의 미소를 지어 보였다. 흐르는 땀을 손으로 훔치곤 비장의 무기라도 있는 듯 내 소매를 잡아끌었다.

남자를 따라간 곳은 지은 지 한참은 돼 보이는 삼 층짜리 다세대 주택이었다. 남자는 빠끔히 열린 대문을 허락도 없이 밀치고 들어가서는 다짜고짜 나를 끌고 좁은 계단을 올랐다. 남자를 따라 오른 계단 끝엔 작은 옥탑방이 있었다.

문 앞에 서서 숨을 고르던 남자는 왜 이 방을 이제야 생각했는지 모르겠다고 했다. 그제라도 생각난 게 대견한 듯 조금 전까지도 지쳐 쓰러질 것 같던 얼굴엔 다시 의욕이 넘쳤다. 그는 자신이 이 방을 보여 주는 이유를 설명하기 시작했다. 말끝에 내 수중의 돈으로 얻을 수 있는 최상의 조건이라는 말을 덧붙였다.

나는 곧 마음을 정했다. 주인에게 위임받았다며 남자가 내미는 계약서에 도장을 찍자 그는 소리 내 한숨까지 쉬었다. 계약을 성사시킨 남자는 내게 탁월한 선택을 했다며 다시 방에 대한 자랑을 늘어놨다. 단열재를 많이 넣어 여름에도 다른 방에 비해 시원하고 겨울에도 따뜻하다고 했다. 옥탑방이라는 지정학적 조건상 금연에는 최상의 조건이라는 말 또한 잊지 않았다.

남자의 말대로 그곳은 금연에도 최상의 조건 같았다. 하지만 내 마음을 잡아끈 건 금연이 아니었다. 옥상에 오르자 눈앞에 병풍처럼 펼쳐진 산이 보였다. 보자마자 나도 모르게 우와, 하는 감탄사가 터져 나왔다. 조금 더 발을 내딛자 산 밑으로 그림처럼 흐르는 강이 보였다. 강을 끼고 형성된 시가지는 소박하지만 왠지 이국적이었다. 너무 아름다워 비현실적이기까지 한 풍경을 본 순간이었다. 머릿속에 혜원의 얼굴이 떠올랐다. 갑자기 마음이 흔들렸다. 이

번 인사이동 때 서울로 갈 수 없다면 혜원을 이곳으로 데려와야지. 눈앞의 풍경이라면 분명 혜원도 좋아하지 않을까. 그렇게 나는 순간 금연이라는 최대의 목적도 잊을 만큼 탁 트인 전망에 마음을 온통 빼앗겼다.

금연을 위해서도 옥탑방은 최상의 조건일 듯싶었다. 너른 옥상을 마당처럼 혼자 전부 사용할 수 있어 의지만 확고하다면 다른 유혹에서 자유로울 수 있을 것 같았다. 이렇게 홀로 떨어져 담배에서 격리될 수 있다면 금연에 분명 성공할 수 있으리라. 마침 비어 있는 방이라 간단한 도배를 마치고 장판만 새로 깐 채 이사를 했다. 짐이 정리된 방에 누워 반드시 금연에 성공하겠다며 주먹까지 불끈 쥐어 보았다.

하지만 옥상 전체를 내 앞마당으로 쓰려던 계획은 애초에 물 건너 가버렸다. 주인아줌마는 가끔씩 커다란 대야를 갖고 올라와 배추를 절이고 김치를 버무렸다. 좁은 집 안에서 하느니 수돗가도 있고 오래전부터 그렇게 해온 모양이었다. 어느 날엔 이불을 이고 올라와 대야에 넣고 발로 밟아 빨았다. 빨래가 마무리되면 물먹은 이불을 낑낑대며 빨랫줄에 기다랗게 널었다. 이불이 옥상 가득 널리는 날이면 잠자리가 뒤숭숭했다. 밤새도록 창문 앞에서 펄럭이는 이불 그림자 때문이었다. 가끔씩 속옷 같은 것이 널리기도 했다. 온 가족의 속옷들이 사이즈별로 나란히 널린 모습에 나는 그저 웃으며 체념할 수밖에 없었다. 하지만 시간이 지나자 그런 풍경에도 곧 익숙해져 갔다. 그리고 점점 옥탑방을 얻은 것은 탁월한 선택이었다는 생각이 들었다.

가장 그렇게 느낄 때는 퇴근 후 삼겹살을 구워 소주를 곁들일 때였다. 남들 보기엔 궁상맞을지 모르지만 그때만큼은 세상에 부러울 것이 없었다. 하지만 취기가 오를 때쯤엔 잊었던 외로움이 걷잡을 수 없이 밀려들었다. 혜원과 떨어져 타지에 있는 외로움은 술이 들어갔을 때 더욱 심했다.

얼마 전 나는 마음에 꼭 드는 방을 얻었다며 혜원에게 전화를 했다. 둘러싼 산과 조용히 흐르는 강. 그림 같은 시가지의 풍경도 사진을 찍어 보냈다. 하지만 호들갑스러운 나와는 달리 그녀의 목소리는 힘이 없었다. 순간 애써 밀쳐뒀던 불안감이 몰려왔다.

"몸은 좀 어때?"

자꾸 기어오르는 불안감을 누르며 나는 조심스럽게 물었다.

"몸? 어떤 몸을 말하는 거야? 정말 내 몸이 어떠냐는 거야. 아니면……."

혜원의 목소리는 금방이라도 전화기를 뚫고 나올 것 같았다. 내가 말하는 몸이 어떤 몸일까. 대답을 못하고 머뭇거리자 그녀는 조금 누그러진 투로 말했다.

"내 몸은 엉망인데 뱃속은 괜찮으니까 염려 마."

나도 모르게 한숨이 소리 없이 빠져나왔다. 그제야 알았다. 내가 정말 궁금했던 건 혜원의 뱃속에서 자라는 아기라는 걸.

미안한 마음에 나는 반드시 금연에 성공해 서울로 가겠다고 애교를 섞어 말했다. 내 콧소리에 그제야 혜원도 조금 웃었다. 내친 김에 나는 금연이 얼마나 어려운지 안 겪어 본 사람은 모른다며 엄살을 떨었다. 혜원은 꼭 성공하길 바란다고 했다.

"이제 정말 지친다……."

애써 밝던 목소리가 또 힘없이 가라앉았다. 하지만 나는 한층 더 소리를 높여 걱정 말고 조금만 더 기다리라고 했다.

전화를 끊고 나는 아이를 생각했다. 지금 내 아이가 혜원의 몸에서 꼬물거리며 자라고 있었다. 그 아이를 위해서라면 못할 것이 없었다. 금단 현상으로 아무리 하늘이 빙빙 돌아도 곧 태어날 아이를 생각하면 힘이 났다. 아이를 위해서라도 빨리 혜원의 부모님께 결혼을 허락받고 식을 올려야 했다. 그러기 위해선 이번 인사이동에 꼭 서울로 발령을 받아야 했다. 나는 다시 한 번 이를 악물었다.

혜원은 학교 사람들과 세미나에 다녀온 모양이었다. 페이스북에 새로 올린 사진 속 그녀는 오랜만에 밝은 표정이었다. 그런데 혜원과 함께 남자의 사진이 있었다. 학과 친구인 모양이었다. 남들이 보면 오해할 만큼 둘은 다정해 보였다. 문득 그녀의 페이스북엔 내 사진이 없다는 사실이 떠올랐다. 언젠가 나는 술에 취해 내 사진이 없는 것을 따졌다. 그녀는 아버지에게 허락을 받기 전까지 공개하지 않겠다고 했다. 결국 또 그녀의 아버지가 문제였다.

그녀의 아버진 대학 총장까지 지낸 학계에선 알아주는 인물이었다. 명문대를 나온 혜원 또한 아버지의 뒤를 이을 재원으로 인정받고 있었다. 집안 좋고 학벌 좋고 능력 있는 그녀는 한마디로 일등 신붓감이었다. 처음 그녀는 친구로 남자며 선을 그었다. 아버지의 권유에 못 이겨 선을 보러 다니기도 했다. 물론 조건이 좋은 남자들이었다. 하지만 혜원은 어쩐지 그들에게 마음을 주지 못했다. 그러던 어느 날이었다. 그녀는 술에 취해 정식으로 사귀자고 했다. 날아갈 듯이 기뻤지만 내겐 과분한 그녀를 단번에 받아들일 수 없었다. 하지만 결국 그녀도 나도 서로 떨어질 수 없다는 걸 알았다. 어렵게 연인이 된 후에도 가끔씩 자격지심이 드는 건 어쩔 수 없었다. 그래서 조금만 신경에 거슬려도 헤어지자는 말을 습관처럼 내뱉었다. 그날도 나는 술에 취해 페이스북에 내 사진을 올리지 않으면 헤어지겠다고 했다. 그렇게 돌아와선 며칠째 연락을 하지 않았다. 며칠 후 집으로 찾아온 혜원은 나를 보자 눈물을 터트렸다. 며칠 새 몰라보게 얼굴이 수척했다. 대체 내가 무슨 짓을 한 걸까. 미안해 머리를 박고 죽고 싶었다. 울음을 그친 혜원은 나를 태우고 차를 몰았다. 차는 그녀의 집 앞에 멈췄다. 그렇게 얼떨결에 나는 그녀의 아버지와 마주했다. 예고도 없이 들이닥친 내게 그녀의 아버지는 교양이 의심스러울 정도의 거친 말을 서슴없이 내뱉었다. 하지만 상관없었다. 나는 그저 머리를 조아린 채 말없이 거친 말들을 온몸으로 받아냈다. 아니 그런 말이 오히려 나를 기쁘게 했다. 그의 말이 거칠면 거칠수록 혜원에 대한 사랑이 커지는 것 같았다.

학자 집안이라 공부하는 사람을 좋아할 줄 알았는데 혜원의 아버지는 내가 공부를 하는 것이 마음에 들지 않는 것 같았다. 공부를 한다고 해도 평생 학교에서 강의를 할 수 없다면 무용지물이라는 것을 누구보다 잘 아는 사람이었다. 그녀의 아버지를 만난 후 나는 과감히 학교를 그만두고 직장을 구했다. 대기업은 아니지만 알아주는 무역회사였다. 하지만 혜원의 아버지는 이제 또 내가 회사원이 된 것을 못마땅해했다. 이제 막 들어간 신입에 지방에 발령까지 받았으니 당연했다.

그런 아버지 때문일까. 처음 임신 사실을 안 혜원은 평소의 당찬 모습과는 달리 아이처럼 종일 울기만 했다. 당황하긴 나도 마찬가지였다. 하지만 나라도 마음을 굳게 먹어야 했다. 나는 이 기회에 아버지에게 결혼 허락을 받자며 그녀를 달랬다. 그녀는 젖은 눈으로 나를 날카롭게 쏘아봤다.

"넌 자존심도 없니?"

그녀의 경멸 섞인 눈빛 속에서 나는 다시 한 번 한없이 작아져야 했다.

함께 병원에 다녀온 후 그녀와 며칠째 연락이 되지 않았다. 며칠 후 전화가 왔을 때 나는 곧 서울로 갈 테니 그때 부모님께 정식으로 인사드리자고 했다. 나를 믿으라는 말에 그녀는 말없이 긴 한숨을 쏟아냈다.

금연을 위해 여자들이 많은 집을 택한 것이 실수였다는 걸 뒤늦게 깨달았다. 아직도 담배를 남성의 전유물이라는 생각이 내 무의식에 깔려 있었던 걸까. 하지만 나는 곧, 그것이 얼마나 시대에 뒤진 착각인지 알 수 있었다. 문제는 지하방 여자였다. 짙은 화장에 노란 머리가 보이는 순간 예사롭지 않다 싶었다. 그런데 아니나 다를까. 이사 온 지 며칠 지나지 않아 그녀가 마당에 나와 담배를 피우는 모습을 볼 수 있었다.

그녀는 한순간도 담배를 손에서 놓지 않았다. 출퇴근을 위해 계단을 내려가면 마당 한 귀퉁이에서 담배를 피우는 그녀를 볼 수 있었다. 금단 현상을 이겨볼까 시작한 운동을 위해 대문을 나설 때도, 빨래를 널다가 계단참을 내려다보면 그때도 그녀는 어김없이 같은 자리에 서서 담배를 피우고 있었다.

여자는 담배를 참 달게 피웠다. 담배를 피우는 여자를 본 날은 종일 눈앞에 담배가 어른거렸다. 길에서 담배 연기가 날아오면 눈물이라도 날 것 같았다. 담배를 피우는 여자의 모습을 볼 때마다 죽지 않을 만큼 두들겨 패고 싶었다.

그런데 어느 날이었다. 전날 과음을 하고 늦잠에서 깨, 문을 여니 빨랫줄에 여자 속옷이 널려 있었다. 빨갛게 충혈된 눈을 씻고 다시 봤다. 팬티에 브래지어 그리고 이름 모를 속옷들이 일렬로 늘어서 바람에 팔랑이고 있었다. 주인아줌마의 것이라기엔 너무나 작은, 스몰 사이즈였다. 게다가 보기에 민망할 만큼 화려하기 짝이 없었다. 망사에 레이스에 색깔도 온통 휘황찬란한 장밋빛뿐이었다. 중학교 한때 여자 속옷을 가방에 넣고 다니는 것이 사내 녀석들 사이에 유행이던 적이 있었다. 그땐 담 너머 보이는 남의 집 빨래에도 가슴이 두근거리곤 했다. 하지만 눈앞에서 팔랑이는 속옷을 본 순간, 마치 불시에 쓰레기를 뒤집어 쓴 느낌이었다. 여자의 속옷이 그렇게 불쾌하고도 혐오스럽게 느껴지기는 처음이었다. 속옷의 주인은 안 봐도 알 수 있었다. 중학생인 주인아줌마 딸들이 레이스가 달린 속옷을 입을 것 같진 않았다. 노부부만 사는 일 층도, 그렇다고 이 층도 아니었다. 그러니 그것은 당연히 지하방 여자의 것이었다. 지하방이라는 확신이 들자, 마치 내가 가꾼 성역이 오염이라도 된 것 같았다. 진저리가 쳐졌다.

별로 보고 싶지는 않았지만 나는 가끔 그녀의 귀가를 목격하곤 했다. 그녀는 일주일에 서너 번은 술에 취해 비틀거리며 대문을 넘었다. 주로 남자들의 부축을 받은 채였다. 집 앞까지 여자를 부축해 데려온 남자들은 아쉬운 듯 문 앞에서 오래도록 입을 맞추고 그녀의 몸을 한참이나 더듬다 가곤 했다. 그러다간 여자는 남자를 집안에 끌어들일 때도 있었다. 주인아줌마는 마당을 쓸며 수시로 그녀의 방문을 향해 말세라며 혀를 차곤 했다. 어느 날인가는 대문을 나서는 나를 붙잡고 말했다.

"총각도 눈치챘겠지만 저 아가씨가 그렇고 그런 데를 나가나 본데. 못 볼 꼴 보드라도 그냥 못 본 척해요."

나는 여자의 속옷을 보는 순간 혜원의 뱃속에 있는 아이가 생각났다. 만약 서울로 가지 못한다면 혜원을 이곳으로 데려와야 했다. 이런 풍경을 볼 수 있는 방이라면 혜원도 흔들릴 것 같았다. 나는 이곳의 풍경을 아이에게도 보여 주고 싶었다. 아이와 혜원과 함께 눈앞에 펼쳐진 산에 지는 노을을 보는 상상을 할 때면 더 없이 행복했다. 그런데 여자의 속옷이 널린 빨랫줄을 보자 모든 것이 엉망이 된 느낌이었다. 나는 여자의 속옷을 손끝에 힘을 줘 하나씩 낚아챘다. 손에서 똘똘 뭉쳐진 속옷을 보자 내 손마저 더러워진 느낌이었다. 분노와 불쾌감이 머리끝까지 차올랐다. 나는 씩씩대며 계단참에 섰다. 철제 계단의 틈새로 지하방의 문가가 보였다. 나는 손에 쥔 것을 지하방을 향해 강속구를 날리는 투수처럼 힘껏 날렸다. 하지만 손에서 벗어난 속옷들은 바람의 저항을 받으며 천천히 아래로 떨어졌다. 나름 조준을 했건만 목표 지점에서 한참이나 벗어나 마당 여기저기에 흩어졌다. 차라리 잘 됐다 싶었다. 후련한 마음이었다. 나는 얼른 손을 탁탁 소리 나게 털고 방으로 들어갔다.

전날 최 과장과 테니스를 치느라 몸이 천근이었다. 안 그래도 손목이 시큰거리던 참이었다. 하지만 주말에 테니스나 치자는 말을 거절할 수 없었다. 인사이동을 기다리는 동안은 무슨 일이 있어도 윗사람의 눈 밖에 날 일은 삼가야 했다.

몸도 피곤하고 일요일이라 늦잠을 자는데, 부엌문이 심하게 요동치는 소리가 들렸다. 천근인 몸을 일으켜 방문을 열었다. 부엌문 간유리에 뿌옇게 사람의 실루엣이 보였다. 주인아줌마인 모양이었다. 가끔 아줌마는 별식을 해 먹어 보라며 가져왔다. 그러고 보니 어디선가 고소한 냄새가 솔솔 풍기는 것 같았다.

하지만 문을 열자 다짜고짜 눈앞에 뭔가가 달려들었다. 무의식적으로 뒤로 젖혔던 고개를 들자 지하방 여자가 서 있었다. 그녀는 다시 한 번 내 눈앞에 손에 든 걸 들이댔다.

"이거 아저씨가 일부러 떨어뜨렸죠?"

그제야 여자의 손에 들린 속옷이 보였다. 정말 대책 없는 여자였다. 남의 방 앞에 속옷을 널어놓은 것도 모자라 눈앞에 들이대며 씩씩대는 꼴이라니.

"아저씨가 뭔데 남의 빨래를 함부로 팽개쳐요?"

여자는 앙칼지게 쏘아붙였다. 금방이라도 손에 든 속옷이 내 얼굴로 날아들 것 같았다. 나는 처음엔 모르는 일이라며 발뺌할 생각이었다. 하지만 한두 개도 아니고 말이 안 되는 것 같았다. 나는 어떻게 하다 보니 떨어뜨렸다며 다음엔 서로 조심하자고 했다.

"집게까지 꽂아 놓은 건데 어떻게 하다 보니라니요?"

여자는 다 알고 있으니 구차한 변명은 집어치우라는 표정이었다. 그런데 그때였다. 말을 마친 여자가 갑자기 주머니에서 무엇인가를 꺼내는 것 같았다. 정말 내 얼굴에 뭔가를 던지는 건 아닌가 순간 몸이 움찔했다. 하지만 그녀가 주머니에서 꺼내 쥔 건 바로 담배였다. 다른 주머니에서 라이터까지 꺼낸 여자는 서부 영화의 주인공처럼 담배를 입에 물고 멋들어지게 불을 붙였다. 그러더니 맛있게 담배 한 모금을 빨고선 내 얼굴을 향해 연기를 내뿜었다. 불시에 담배 연기를 맞은 몸이 휘청거리고 현기증이 몰려왔다. 잠시 뒤 어지럼증이 가시자 가슴속에서 뜨거운 것이 치밀었다. 내 금연 결심을 듣기라도 한 걸까. 그때까지도 여자는 여전히 담배 연기를 내뿜고 있었다. 다분히 악의가 느껴졌다.

나는 그만 이성을 잃고 말았다. 손을 뻗어 여자의 입에 물린 담배를 낚아채 바닥에 팽개쳤다. 바닥에 고꾸라지고도 연기를 솔솔

194

뿜는 담배를 발로 꼭꼭 눌러 밟았다. 너무 갑작스럽게 당한 탓인지 여자는 그런 나를 멀거니 바라만 봤다. 하지만 곧 눈을 부릅뜨며 내 멱살을 움켜쥐었다.

"뭐야 당신? 지금 사람 얕보는 거야 뭐야!"

여자의 거친 숨소리와 함께 어젯밤 먹었을 시큰한 술 냄새가 얼굴에 훅 끼쳤다. 나는 여자를 뿌리쳤다. 그저 술 냄새가 역겨워 피하고 싶었을 뿐인데 너무 힘이 들어갔을까. 여자는 비틀거리며 저만치 튕겨져 나갔다. 독이 잔뜩 오른 여자는 다시 한 번 내게 달려들었다. 그러곤 온갖 욕을 퍼부으며 악을 써댔다. 본의 아니게 여자와 몸싸움을 하고 있었다. 누가 보기라도 하면 손해 보는 건 나라는 생각이 들었다. 여자가 악을 쓰자 나는 작전을 바꿔 목소리를 낮췄다.

"진정해요. 말로 합시다. 말로."

나는 여자를 경멸의 눈빛으로 바라봤다. 그러곤 어떻게 남자가 사는 문 앞에 속옷을 널 생각을 했냐며 쏘아붙였다. 내가 차분한 말투로 일관하자 여자의 목소리가 더욱 높아졌다. 여자는 앞으로도 계속 빨래를 널겠다며 오기를 부렸다. 그렇게 물러나지 않을 것 같던 여자는 하지만 주인아줌마가 올라오자 기가 죽었다.

"이 총각은 점잖은 양반이야. 전에 살던 총각들과는 다르다고. 그러니 아가씨가 조심해 줘야겠어."

아마도 전에 살던 남자들은 여자의 속옷을 보며 낄낄대고 좋아라 했던 모양이었다.

"아래엔 빛이 없다구요. 아줌마도 알잖아요."

결국 여자는 울상이 된 채 총총히 계단을 내려갔다. 그날 이후 더이상 여자는 빨래를 내 방문 앞에 널지 않았다. 막상 빨래가 보이지 않으니 울상이 된 채 내려가던 여자의 모습이 자꾸 마음에 걸렸다.

대문을 열고 지하방이 보일 때마다 그녀가 왜 굳이 내 방 앞에 빨래를 널어야 했는지 알 것 같았다. 아무리 볕 좋은 날도 그곳엔 정말 볕 한줌 들지 않았다. 아니 볕이 드는 곳이 있긴 했다. 매일 여자가 담배를 피며 서성이던 곳.

얼마간만 참으면 될 거라 생각했는데 금단 현상은 날이 갈수록 심해졌다. 담배를 잊기 위해 사탕과 초콜릿, 과자를 입에 달고 있었더니 며칠 새 배도 나온 것 같고 입안도 온통 허옇게 헐었다. 그런데 대문을 열고 들어오면 지하방 여자가 어김없이 또 담배를 피우는 것이다. 전에 내가 너무 했나 싶다가도 담배를 피우는 여자를 볼 때면 그런 마음이 싹 가셨다. 담배 연기가 들어오는 순간 정말이지 그 자리에서 미쳐 버릴 것 같았다. 나는 얼른 몸을 돌려 계단을 올랐다. 그런데 누군가와 통화를 하던 여자가 수화기에 대고 소리쳤다.

"나 해외여행 간다. 비행기표가 당첨됐어!"

며칠 전 주인아줌마를 붙잡고 해외여행은 가봤는지 물어보더니 그것을 자랑하고 싶었던 모양이었다. 아이처럼 들뜬 여자의 모습에 조금 전까지 화가 났던 것도 잊은 채 웃음이 났다.

"어디냐고? 그 어디라더라……. 아, 타히티 그래 타히티란다……."

여자는 타히티를 어렵게 생각해 냈다. 해외여행을 간다기에 나는 짧은 순간 동남아 어디쯤을 생각했다. 타히티라면 화가 고갱이 사랑하던 섬이 아닌가. 그런데 아득하게만 느껴지는 그 남태평양의 섬이 여자의 입에서 담배 연기와 함께 힘없이 뿜어져 나온 것이다. 내 예상을 빗나갔기 때문일까. 타히티라는 말에 나는 그만 그대로 몸이 굳고 말았다. 뭔가에 심하게 뒤통수를 얻어맞은 기분이었다.

통화를 마친 여자는 그대로 굳은 나를 흘낏 바라보고는 별꼴을 다보겠다는 듯 눈을 흘기며 자신의 방으로 들어갔다. 하지만 여자가 사라지고도 나는 그렇게 한참을 서 있어야 했다.

여자는 하나하나 여행 준비를 하기 시작했다. 어느 날은 여권을 만든다며 내게 어디에 가야 하는지 물었다. 굳이 내게 물어보는 것이 내게도 자랑을 하고 싶은 모양이었다. 하지만 나는 타지 사람이라 잘 모르겠다며 서둘러 계단을 올라왔다. 며칠 후 여자는 커다란 가방과 함께 들어왔다. 또 다음 날엔 커다란 모자와 함께였다. 하지만 여자는 평소처럼 담배를 피우고 평소처럼 남자의 부축을 받으며 술에 취해 들어왔다. 그리고 평소처럼 남자를 끌어들였다. 무슨 일일까. 그녀의 입에서 타히티가 나온 순간부터 나는 금단 현상도 잊은 채 멍하니 허공을 보는 일이 잦아졌다. 사무실에서도 온통 타히티 생각뿐이었고 색이 화려한 거리의 간판조차도 고갱의 그림으로 보였다.

타히티. 프랑스령 폴리네시아 소시에테제도의 방 제도 중 가장 큰 섬……

나는 온종일 인터넷에서 타히티를 검색하고 또 검색했다. 며칠째 계속된 검색으로 그곳에 대해선 모르는 것이 없을 정도였다. 아니 한 번도 가본 적은 없지만 나는 그곳에 대해 전부터 이미 많은 것을 알고 있었다. 그곳은 바로 내가 이십 대에 꿈꾸던 곳이었으니까.

막 대학에 들어간 어느 날이었다. 창 너머 캔버스 앞에 앉은 여자의 모습을 보고 나는 첫눈에 마음을 빼앗겨 버렸다. 그녀의 뒤를 반년이나 따라다닌 끝에 결국 나는 그녀를 내 여자로 만들 수 있었다. 미대생인 그녀는 고갱을 몹시 좋아했다. 그런 그녀가 어느 날 타히티에 가자고 했다. 나는 선뜻 그러겠다고 했다. 알 수 없는 자신감에 가득 찼던 시절이었다. 서로의 자취방을 합치기로 한 건 타히티에 가는 계획을 앞당기기 위해서였다. 방을 합치니 생활비가 확실히 줄어들었다. 먹는 것도 최대한 줄였다. 끼니를 줄이고 몰려드는 배고픔을 담배를 나눠 피며 달랬다. 쪼들리고 궁색한 생활이었지만 푸른 바다를 함께 꿈꿀 수 있다는 사실만으로도 행복했다.

하지만 그렇게 모은 돈을 우리는 타히티에 가는 데에 쓰지 못했다. 처음엔 몸살을 앓고 입맛이 없다며 그나마 적은 음식도 먹기를 꺼리던 그녀가 급기야는 쓰러지고 말았다. 영양실조라도 걸린 모양이라 생각했다. 밤중에 택시에 태워 병원에 데려간 내게 의사는 그녀의 임신 사실을 알렸다. 당황해 말문이 막힌 나를 의사는 한심한 듯 바라봤다.

"산모 건강 상태가 안 좋아요. 그래서 임신도 계획 임신이 중요하죠."

의사는 모든 걸 꿰뚫어 본 모양이었다. 사실이었다. 정말 계획하지 않은 일이었다. 당황하는 나와는 달리 그녀는 침착하고 담담했다. 의아한 얼굴로 바라보는 내게 아이를 낳을 수 없다고 했다. 나는 냉정하다며 그녀에게 화를 냈다. 하지만 그녀가 아이를 낳겠다고 우겨도 화를 냈을 것 같았다. 아니 그녀가 먼저 말해 줘 다행스럽게 느껴졌다. 결국 우리는 함께 타히티에 가자며 모으던 돈을 아이를 지우는 데 써야 했다. 핏기 없는 얼굴로 산부인과 침대에 누워 있는 그녀를 보자 그동안 내가 꿈을 꾸고 있었다는 것을 깨달았다. 그리고 그제야 꿈에서 깬 기분이었다.

꿈이 사라진 사랑은 말라비틀어진 과일 같았다. 더 이상 싱그럽거나 탐스럽지도 달콤함을 기대할 수도 없었다. 아무것도 아닌 일로 자주 싸웠다. 주로 경제적인 이유였다. 전에는 문제될 게 없던 가난한 현실이 이제는 감당하기에 너무 무거운 짐처럼 느껴졌다. 내 마음이 변한 건 그녀가 더 잘 안 모양이었다. 결국 그녀가 먼저 헤어지자고 했다. 그러곤 냉정하게 돌아섰다. 그녀는 내 미래가 보이지 않는다며 떠났다. 공부를 계속하고 싶어 하는 내게 정신 차리라는 말도 했다. 나는 그녀에게 속물이라며 화를 냈다. 하지만 그런 비겁한 내가 싫어 죽고 싶었다. 나는 그때 어리다고 생각했다. 나는 이제 겨우 스무 살을 넘겼을 뿐이라고, 이십 대는 누구나 그렇다고, 가슴 밑바닥에서 고개를 드는 죄책감을 스스로 다독였다.

곧 인사이동이 발표될 거라고 했다. 한동안 테니스를 치자며 귀찮게 하던 최 과장은 어느 날부터 나를 피하는 것 같았다. 나는 퇴근을 하려는 그를 문 앞에서 기다리다 어렵게 회사 앞 호프집으로 끌고 갔다. 들리는 풍문엔 그가 인사이동에 상당한 영향력을 쥐고 있다고 했다. 하지만 원칙주의자로 알려진 그에겐 청탁 같은 것이

통하지 않는다는 소문이었다. 아무래도 최 과장의 심중엔 암 투병 중인 홀어머니를 두고 온 박 대리가 있는 것 같았다.

내게 붙잡힌 게 못마땅한 듯 그는 놓인 술잔을 바라만 봤다. 나는 사정 이야기를 했다. 반드시 서울로 가야 결혼할 수 있다며 눈물까지 글썽였다. 잠자코 듣고만 있던 최 과장은 그런 사정이라면 병든 홀어머니를 혼자 두고 온 박 대리가 더하지 않겠냐고 했다. 나는 어쩔 수 없이 아이 얘기까지 할 수밖에 없었다. 그러자 최 과장도 마음이 흔들리는 것 같았다. 최선을 다해보겠다는 말에 그제야 조금 안심이 됐다.

마음은 한결 가벼웠지만 어쩐지 혜원과 며칠째 연락이 되지 않았다. 나는 내 아이가 위험에 처한 걸 직감했다. 꿈을 꾸면 매일 수술실에 누워 있는 혜원이 보였다. 의사의 손에 핏덩이 상태의 아이는 울음소리도 내지 못한 채 그대로 쓰레기통에 버려졌다. 당장이라도 올라가 눈으로 확인하고 싶었지만 회사에도 소홀할 수 없었다. 말은 그렇게 했지만 최 과장은 여전히 나와 박 대리를 저울질하는 것 같았다. 그러니 어쨌든 나는 회사에 충실하지 않으면 안되었다.

불안한 마음이 들 때마다 나는 습관처럼 타히티를 검색했다. 신문 하단에 나오는 여행사 관광 상품까지, 타히티에 관한 것이라면 뭐든지 뒤지고 또 뒤졌다.

혜원에게서 연락이 온 건 퇴근 후 막 방에 들어설 때였다. 휴대폰에 혜원의 이름이 뜨자 그간 졸였던 마음이 한순간 풀어지는 느낌이었다. 나는 곧 인사이동이 있을 거라고 했다. 기뻐할 줄 알았는데 혜원의 말투는 차가웠다.

"서두르는 게 좋을 거야. 기다리는 데 이제 지쳤어. 나도 내가 무슨 짓을 할지 모르겠어."

그렇게 전화를 끊으려는 그녀를 나는 얼른 붙잡았다.

"이번 휴가 땐 타히티에 함께 가지 않을래?"

내가 누군가에게 다시 그곳을 말하게 될 줄은 몰랐다. 입 밖으로 그 단어를 꺼내자 사춘기 소년처럼 가슴이 떨렸다. 하지만 전화기에선 그녀의 차가운 한숨이 터져 나왔다.

"타히티 같은 소리 하네. 지금 정신이 있어?"

말끝에 혜원은 픽 웃음을 터트렸다. 그 웃음의 의미를 알 것 같았다. 서울에도, 혜원과 내 아이가 있는 그곳으로도 갈 수 없는 내가 대체 어딜 가겠다는 건지. 10년이 지났음에도 나는 그때와 아무것도 달라지지 않았다. 나는 타히티에 갈 수 없었다. 달라진 게 있다면 아직은 내 아이를 지킬 시간이 남아 있는 것이었다.

퇴근을 하는데 누군가 아는 척을 했다. 돌아보니 처음 옥탑방을 소개해 준 부동산 남자였다. 내가 무슨 일이냐고 물으니 주인아줌마가 지하방을 내놓았다고 했다. 남자는 내게 금연에는 성공했느냐고 물었다. 나는 고개를 끄덕였다. 하지만 아직도 담배의 유혹에서 자유로울 수 없노라고 솔직히 말했다.

지하방 여자는 그날도 술에 취해 들어왔다.

"이봐, 아가씨, 방이 나갔어. 그런데 이 돈 빼서 여행 간다며? 방송국인가 어딘가에서 당첨돼서 가는 거라고 하지 않았어? 그런데 돌아와서는 어떻게 하려고 그래?"

"비행기표만 당첨됐지 다른 건 돈이 들어요. 그리고 돌아와서야 그때 생각하면 되지요 뭐."

여자의 무모함에 나는 고개를 절레절레 흔들었다. 웃음이 났다. 왜일까. 한번 터진 웃음을 주체할 수 없었다. 웃으면서 생각했다. 나는 언제 그곳을 다시 꿈꿀 수 있을까.

믿을 만한 소식통에 의하면 서울로 인사이동을 신청한 사람 중 최 과장이 가장 유력한 후보라고 했다. 기러기 신세인 그를 나이도 있으니 이제 가족들 품으로 돌려보내야 한다는 게 공론인 모양이었다. 벌써 오래전부터 최 과장은 서울 발령을 기다리고 있었다. 믿었던 도끼에 발등이 찍힌 나는 밀려드는 분함과 두려움에 담배 생각이 간절했다. 역시 같은 기분일까. 술이나 한 잔 하자는 박 대리를 뿌리치고 부랴부랴 도망치듯 집으로 왔다. 나는 돌아오는 길에 편의점에 들러 담배 한 보루를 샀다. 이제 금연이고 뭐고 때려치우고 담배 한 보루를 모조리 피워 재낄 생각이었다. 하지만 손가락 사이에 끼어 있는 담배에 여전히 불을 붙이지 못한 채였다.

나는 담배를 손에 든 채 밖으로 나갔다. 어둠 때문에 산과 강이 사라진 시가지의 야경이 갑자기 몹시 보고 싶었다. 시간이 지나자 소도시의 별 같은 불빛들이 하나씩 잦아들었다. 나는 새벽까지 사그라지는 불빛들을 지켜봤다.

그 새벽, 여자는 커다란 가방을 들고 모자를 쓴 채 대문을 나섰다. 순간 언젠가 그녀가 자신의 방 앞에 빨래를 널며 하던 말이 떠올랐다.

"타히틴가…… 거기 가면 햇빛 구경 실컷 해야지. 씨발!"

여자가 떠난 새벽하늘엔 어느새 벌겋게 아침노을이 번지고 있었다. 그리고 내 손엔 담배 한 개비가 여전히 손가락 사이에 끼어 있었다. 손가락 사이에서 고개를 까딱이던 그것은 한심한 듯 나를 빤히 올려다봤다. 여전히 불을 붙이지 못한 담배였다.

온달이 빵

"너 말 안 들으면 용식이한테 시집보낸다!"

경찰 아저씨나 망태 할아버지가 잡아간다는 말에도, 엄마가 몽둥이를 들고 쫓아온다는 말에도 고장 난 수도꼭지처럼 줄줄 흐르던 눈물이 순간 뚝 멈춰 버렸다. 용식이라니. 언제나 게슴츠레한 망둥이 같이 튀어나온 눈, 아기 머리통도 거뜬히 들어갈 함지박만한 입. 그 큰 입을 헤벌린 채 보기에도 탁한 먼지를 들이키며 연방 웃어 대는 용식이의 얼굴이 아빠 말이 떨어지기 무섭게 눈앞에 떡하니 나타난 것이다.

그렇게 한 번 재미를 본 아빠는 공부를 못해도, 피아노를 못 쳐도, 훌라후프를 못 돌려도 늘 같은 말로 으름장을 놨다. 특히 피아노는 형편에 맞지 않는 사치였으므로 아빠의 간섭은 더욱 심했다. 내가 피아노를 치기 싫어하는 기미라도 보이면 아빠는 당장 용식이네로 끌고 가 민며느리라도 만들 기세였다. 나는 그 후론 공부도 열심히 했고, 피아노도 열심히 쳤다. 훌라후프도 열심히 돌렸다. 어쩌면 내가 지금까지 나름 무난하게 살 수 있었던 건, 모두 용식이 덕분인지 몰랐다.

나는 결혼을 일찍 하기로 마음먹었다. 대학 졸업과 동시에 아니 스물다섯, 적어도 서른 안에는 죽는 한이 있어도 결혼할 작정이었다. 하지만 첫사랑에 실패하고 서른이 다가올 무렵부터였을까. 일찍 결혼하겠다는 꿈은 먼일이라는 걸 직감했다. 그리고 그때부터 나는 용식이가 멀찍이 보이기만 해도 얼른 몸을 피하는 버릇이 생겨 버렸다. 가끔씩 달콤한 잠자리를 괴롭히는 끔찍한 악몽 때문이었다. 무슨 조화인지 용식이와 나는 꿈에서 늘 흰머리가 파뿌리가 된 채 알콩달콩 사는 금실 좋은 부부의 모습이었다.

왜일까. 어릴 때부터 용식이는 나만 보면 지나치게 반가워하는 버릇이 있었다. 아무리 먼 곳에서도 그 함지박 같은 입을 있는 대로 벌리고 두 손까지 휘휘 흔들며 뛰어왔다. 용식이가 달리는 모습은 마치 거대한 공룡 같았다. 목표를 정하면 다른 건 안중에도 없었다. 투우장의 황소가 내달리듯 앞만 보고 치달았다. 그가 달리기 시작하면 주위의 모든 시선이 그에게로 쏠렸다. 달리는 모습이 워낙 우습기도 했지만 저렇게 무대포로 달려가는 곳이 어딘가 궁금한 까닭이 컸다. 그렇게 달려 내 앞에 선 용식이는 말도 없이 솥뚜껑 같은 손을 들어 신나게 흔들어 대곤 했다. 사람들은 나와 용식이를 번갈아 보며 재미있는 구경거리라도 본 듯 키득거렸다.

용식이 때문이라도 다른 곳으로 이사를 가자고 졸랐다. 하지만 영 되는 일 없이 엄마의 눈치나 보고 사는 아빠는 의사를 결정할 능력이 없었다. 오래된 단골들 덕으로 근근이 작은 식당을 꾸려 가는 엄마에게 이사는 씨도 안 먹히는 소리였다.

나는 어떡해서든 용식이와 마주치지 않으려 필사의 노력을 기울였다. 그가 잘 다니는 길을 알아내 피해 다녔고, 그가 잘 가는 동네 슈퍼도 가지 않았다. 껌 한 통도 큰길 마트에서 샀다. 내가 먼길을 돌아오는 걸 안 마트의 홀아비 사장은 늘 유통 기한이 다 된 요구르트를 덤으로 주며 눈을 찡긋해 보이곤 했다.

그런데 어느 날, 횡단보도 앞에서 신호등이 바뀌길 기다릴 때였다. 길 건너편에 멀찍이 걸어오는 한 남자가 있었다. 그것이 용식이라는 걸 알아보기까진 그리 많은 시간이 걸리지 않았다. 하긴 아무리 오랜만이라도 십 리 밖에서도 눈에 띌 외모였으니 당연했다.

길 건너편에 용식이가 보이자 나는 그만 가슴이 철렁 내려앉았다. 습관대로 얼른 고개를 돌렸다. 그런데 그건 전처럼 내게 달려

올까 봐서만은 아니었다. 뭐라고 할까. 그날의 용식이는 뭔가 달랐다. 십 리 밖에서도 알아볼 얼굴을 얼마간의 시간이 흘러서야 겨우 알아볼 만큼 너무나 많이 변해 있었다.

우선 머리부터가 달랐다. 용식이의 머리카락은 사시사철 밤송이처럼 솟아 있었다. 그런데 그 돼지털 같은 머리카락이 습기를 머금은 채 차분히 가라앉아 있었다. 머리 중앙엔 정성스레 탄 가르마도 반듯이 뻗어 있었다. 게다가 양복에 넥타이까지.

하지만 정작 내 가슴이 철렁한 이유는 따로 있었다. 그는 혼자가 아니었다. 자꾸 돌아보며 히죽대는 폼이 영 수상쩍다 싶더니, 몇 발짝 뒤에 웬 여자가 따라오고 있었다. 아마도 소문의 주인공인 모양이었다.

"중국에서 색시를 데려온단다. 아니 그 바보 같은 놈이 장가를 간다네. 참 오래 살고 볼 일이야……."

엄마는 말끝에 한바탕 웃음을 쏟아냈다. 하지만 곧 웃음을 그치곤 나를 쏘아봤다. 나는 엄마의 눈길의 의미가 뭔지 알 것 같았다. 용식이도 장가를 간다는데 너는 왜 이 모양이냐는 핀잔이 곧 폭탄처럼 날아올 게 뻔했다. 나는 얼른 자리를 박차고 일어나 곧 터질 핀잔의 파편에서 도망쳤다. 생각 같아선 용식이의 결혼과 중국에서 온다는 색시에 대해 자세히 알아보고 싶었다. 하지만 곧 터질 폭탄을 피하는 일이 무엇보다 급했다.

210

"어딘가 모자라는 여자겠지? 그런 놈도 좋다는 걸 보면?"

뭔가 알 거라는 예상과 달리 엄마가 용식이의 결혼에 대해 늘어놓는 이야기는 모두 추측일 뿐이었다. 하지만 그건 엄마가 아닌 누구나 할 수 있는 얘기에 지나지 않았다.

몇 발짝 떨어져 걷던 여자는 횡단보도가 가까워지자 성큼성큼 달려와 용식이의 팔짱을 꼈다. 순간 그 큰 입이 더없이 커다래졌다. 애기 머리통이 아닌 어른 머리통도 거뜬히 들어갈 만큼이었다. 여자는 신호등이 바뀌기를 기다리는 동안 한 손으로 그새 치켜 올라간 용식이의 옷매무새를 매만졌다. 둘은 영락없는 연인의 모습이었다. 여자는 용식이를 더없이 사랑스러운 눈으로 바라봤다. 용식이가 여자를 보는 눈 또한 총기로 가득했다.

신호등이 바뀌자 사람들이 엇갈려 걷기 시작했다. 용식이 내외 또한 그렇게 내 곁을 스쳐갔다. 전 같으면 또 그 큰 입을 있는 대로 벌리며 내 앞에 섰을 용식이는 나를 보지 못했다. 용식이의 눈은 여자에게서 떨어질 줄 몰랐다. 다른 것엔 관심도 없어 보였다. 나는 스쳐가는 여자의 얼굴을 뒤통수가 보일 때까지 눈으로 따라갔다. 횡단보도를 건너는 짧은 시간이었지만 나는 여자에 대해 많은 걸 알 수 있었다. 미인은 아니지만 그렇다고 못난 얼굴도 아니었다. 팔다리도 모두 멀쩡했다. 두 내외가 스치며 나눈 짧은 대화로 그녀가 지극히 정상적이라는 걸 알 수 있었다.

갑자기 온 몸에 힘이 빠졌다. 이유는 알 수 없었다. 엄마 말대로 용식이도 장가를 가는데 나는 뭘 했을까 하는 생각이 잠시 스친 것도 사실이었다. 하지만 그것 때문은 아니었다. 왠지 용식이의 지나치게 행복한 모습이 자꾸 슬프게 다가왔다. 차라리 어딘가 부족한 여자라면 그런 마음은 들지 않을 것 같았다. 그랬다면 용식이와 서로 부족한 걸 채워가며 살 수 있을 텐데. 하지만 어디고 부족한 것 없는 여자는 용식이를 끝까지 행복하게 할 수 없을 것 같았다. 그렇게 생각하니 갑자기 용식이가 가여워 눈물이라도 날 것 같았다. 용식이가 장가라도 가면 속이 다 시원할 줄 알았는데. 예상치 못한 이 기분은 대체 뭔지 모를 일이었다.

"그년도 골 빈 년이야. 아무리 먹고 살기 힘들어도 그렇지 그런 바보한테 시집을 와?"

용식이 댁을 본 엄마의 반응은 이랬다. 그건 오랜만에 식당에 모인 모든 이들의 반응이기도 했다.

"용식이 엄마가 재산은 좀 있지?"

슈퍼집 오 씨 아저씨가 말했다.

"아마 아들 몫으로 모은 재산이 꽤 될걸?"

김밥집 박 씨 아줌마였다.

"용식이 아버지 돌아갈 때 받은 보상금도 있고 보험금도 있다던데. 그 아버지가 모자라는 자식 때문에 보험을 많이 들어놨대."

미장원 영진 엄마도 거들었다.

"그럼 그렇지. 말을 시켜보니 중국에서 온 것 같지 않게 여기 사정에도 밝고 똑똑한 여자 같던데 그런 집에 시집 온 걸 보면 알만 하잖아?"

그런데 얼마 지나지 않아 사람들의 추측에 더욱 불을 지핀 일이 생겼다. 용식이 엄마가 폐암 말기 판정을 받은 것이다. 하지만 사람들은 용식이 엄마의 병보다 한순간 용식이댁 차지가 될지 모를 재산을 더욱 걱정했다.

용식이 엄마는 병원의 예견대로 꼭 삼 개월 후에 죽었다. 말하기 좋아하는 사람들은 며느리를 잘못 본 탓이라고 했다. 또 어떤 이들은 죽음을 미리 예감한 용식이 엄마가 서둘러 아들을 장가들이고 갔다고 했다. 하지만 결국 사람들의 결론은 용식이댁은 용식이의 알량한 재산이 탐나 결혼한 것이고 언제고 용식이가 뒤통수를 맞을 거라는 한 가지로 모였다.

장례식에서 용식이댁은 그렇게 서럽게 울 수가 없었다. 상복을 입은 여자의 구슬픈 울음에 보는 사람들 모두 덩달아 눈물을 찍어 댔다. 하지만 그렇게 울다가도 사람들은 의심의 눈을 번뜩이며 수군대는 것을 잊지 않았다. 아무리 시어머니지만 그동안 정이 들 새도 없었는데 어떻게 그리 슬프게 울 수 있느냐는 것이다. 그건 아마 본심을 숨기기 위한 과장된 행동일 거라며 울음을 그친 사람들은 저마다 눈짓을 주고받았다.

"잘 지켜봐야 해. 용식이 아버지 보상금이 어떤 돈인데. 교통사고로 개죽음 당한 값으로 받은 돈이잖아."

사람들은 모두 감시자를 자청했다. 그것이 용식이와 죽은 용식이 부모에 대한 도리이자 의무라고 생각하는 것 같았다.

사람들의 추측대로라면 용식이 엄마가 죽고 바로 사달이 나야 했지만 그 후로 일 년 이상 사람들의 관심을 끌 어떤 일도 일어나지 않았다. 시간이 흐르자 사람들의 번뜩이던 눈초리도 점점 시들해졌다. 곧 사달이 날 거라며 지켜보자던 사람들은 점점 용식이댁이라도 없었으면 어떡할 뻔 했냐며 다행으로 여기는 것 같았다.

"뭐? 용식이가 빵을 만들어?"

하마터면 손에 들린 국그릇을 엎을 뻔 했다. 식당에 손이 모자란다기에 할 일도 제치고 달려왔건만 나를 본 엄마는 다짜고짜 믿을 수 없는 말을 했다.

큰길에 있는 민들레 빵집은 역사와 전통을 자랑하는 곳이었다. 단팥빵과 크림빵에 장식이 화려한 케이크까지. 지금은 유명 프랜차이즈에 밀려 쇠락의 길로 접어든지 오래지만 예전엔 곁에만 지나도 행복이 절로 솟아나는, 근방의 아이들에겐 꿈의 궁전이었다. 그런데 그 민들레 빵집을 용식이 내외가 인수한다는 것이다. 거짓

말도 정도껏 해야 믿지. 하지만 아무도 믿지 않을 새빨간 거짓말을 하는 사람치곤 엄마의 표정이 나름 진지했다.

그런데 난데없이 웬 빵집일까. 여전히 못 믿겠다는 내게 엄마는 다시 용식이 내외가 줄곧 제빵 학원에 다니며 빵 만드는 기술을 익혔다고 했다. 용식이댁은 그렇다 해도 용식이가 제빵 기술을 배웠다니. 그는 학교에도 한번 다녀본 적이 없는 위인이었다. 물론 그가 학교에 적을 두고 있었던 적이 있긴 했다. 초등학교 졸업식 때 단상에 올라 졸업장을 받는 모습은 아직도 생생할 만큼 꽤 인상적이었으니까. 하지만 남들 학교 갈 시간에도 그는 늘 미장이였던 아버지를 따라다니거나 어머니를 도와 집안일을 하며 지냈다. 졸업장을 받긴 했지만 운동회도, 소풍날도 보지 못했으니 학교에 다니지 않은 건 분명했다. 한글이나 제대로 깨쳤을까. 그런 용식이가 제빵 기술을 배우다니. 하지만 내부 수리 중인 빵집 앞에 언젠가부터 보란 듯 크게 확대된 용식이의 자격증이 걸려 있었다.

내부 수리에 들어간 지 얼마 안 돼 큰길엔 정말 용식이 빵집이 문을 열었다. 이름도 그대로 용식이 빵집이었다. 고풍스러운 민들레 빵집과는 달리 내부도 소박하지만 세련되게 바뀌었다. 가게는 전체적으로 유리로 돼 있었다. 벽을 최대한 줄여 빵을 만드는 주방까지도 훤히 보였다. 그 앞을 지날 때면 언제나 빵을 만드는 용식이를 볼 수 있었다. 언제나 헤벌어진 입 때문인지 마스크를 쓰고 반죽을 빚는 모습은 낯설기 짝이 없었다. 내가 아는 용식이가 맞나 의심이 들 정도였다.

빵을 만드는 그의 모습은 너무 진지했다. 늘 게슴츠레하던 두 눈은 레이저라도 뿜어져 나올 듯 총기로 빛났다. 그는 빛나는 눈으로 가끔 옆에 있는 용식이댁을 사랑스럽게 바라봤다. 두 내외가 열심히 빵을 만드는 덕분에 가게 안은 늘 먹음직스러운 빵이 가득했다. 사람들은 처음엔 용식이가 만든 빵이 오죽할까 의심에 차, 빵집에 들러 맛을 봤다. 개업과 동시에 용식이 빵집은 동네 사람들로 발 디딜 틈이 없었다.

하지만 그것도 잠시뿐이었다. 날이 갈수록 사람들의 발길은 눈에 띄게 줄어들었다. 친한 동네 사람들도 잘 가지 않았다. 오랜 정리로라도 용식이 빵을 팔아 줄 법한데 모두들 그곳에서 빵 사기를 꺼려했다. 그건 빵 맛이 없어서가 아니었다. 아니 용식이가 만든 빵은 모양과 맛 모두 다른 빵들과 견주어 손색이 없었다. 특히 용식이가 직접 개발했다는 못난이빵은 정말 맛이 좋았다. 작은 곰보빵처럼 생겼으나 곡물과 견과류가 듬뿍 들어가 씹히는 맛도 있고 고소해, 이걸 용식이가 개발했다니, 먹으면서도 믿기지 않았다.

"그거 알아? 그년이 용식이는 가게 안에서만 살게 하고 정작 그년은 밖으로 나도는 거. 핑계야 영업을 위해서라고 하지만 뭔가 사달이 난 게 분명해. 내가 어떤 젊은 남자랑 있는 걸 본 게 한두 번이 아니라니까."

"그럼 용식이한테 기술을 가르친 것도, 가게를 낸 것도 다 계획적인 거 아냐?"

사람들의 의심의 촉수가 다시 용식이댁으로 뻗기 시작했다. 용식이를 제빵사로 만들다니. 그건 헬렌 켈러의 스승 설리번의 업적에 버금가는 일이었다. 하지만 사람들이 생각하는 용식이댁은 자신의 목적을 위해 용식이를 이용한 음흉한 여자일 뿐이었다. 사람들은 마치 용식이댁만 좋을 일 시키는 꼴이라는 듯 용식이 빵은 먹지 않았다.

민들레 빵집이 몇십 년의 명성을 이어온 것과는 달리 용식이 빵집은 꽃도 피우기 전에 쇠락의 길로 접어들고 있었다. 하지만 용식이는 쉬지 않고 빵을 만들었다. 용식이댁은 가끔 빵을 같이 만들기도 했지만 사람들 말대로 자주 가게를 비웠다. 그러면 그나마 들어갔던 손님들도 용식이의 얼굴을 보고는 기겁해 도로 나오곤 했다. 용식이댁은 가게를 비우고 어딜 다니는 걸까. 모두들 용식이댁이 바깥으로 나돌며 할 수 있는 일을 추측하느라 열심이었다.

그런데 어느 날, 용식이네 빵집 앞이 사람들로 북새통이었다. 모인 사람들은 고개를 요리조리 흔들며 가게 안을 들여다보고 있었다. 무슨 일일까. 나도 사람들 틈을 비집고 가게 안을 들여다봤다.

빵집 안에 웬 방송용 카메라가 보였다. 커다란 카메라 앞엔 용식이 내외가 어색한 표정으로 서 있었다. 낯익은 리포터도 보였다. 용식이 내외와는 대조적으로 화사한 리포터는 아직도 어색한 부부 내외에게 마이크를 들이대고 자꾸 뭔가를 물어댔다. 그러다가 카메라를 보며 빵을 들어 먹기도 했다. 특히 리포터는 못난이 빵에 관심을 보이는 것 같았다. 한동안 긴장으로 굳어 있던 용식이댁은 기회를 놓칠세라 빵을 뜯어 리포터의 입에 넣었다. 리포터가 빵을 씹는 동안엔 카메라에 대고 손까지 써가며 빵에 대해 설명하느라 열심이었다.

그동안 가게를 자주 비웠던 용식이댁이 못난이빵을 들고 여러 복지 시설을 찾아가 나눠 준 모양이었다. 안 그래도 정에 메말라 있던 사람들은 더없이 반가워했다. 보답을 위한 방법을 찾던 시설 관계자들이 방송국에 제보한 모양이었다. 복지 시설에 찾아가 빵을 나눠 준 것만도 이야깃거리인데 방송팀은 야무지고 똑똑한 용식이댁과 좀 모자라 보이는 용식이를 보자 회심의 미소를 지었다. 그리고 더없이 아름다운 부부가 만드는 천사의 빵집으로 용식이네 빵집을 소개한 것이다.

방송은 정말 감동적이었다. 특히 용식이의 사진을 보고 운명을 느껴 중국에서 왔다는 용식이댁의 이야기는 한 편의 영화 같았다.

방송이 나간 후 용식이의 못난이빵은 그야말로 대박을 터트렸다. 사람들은 경쟁하듯 인터넷과 페이스북 등 각종 매체를 통해 못난이빵 시식 후기를 퍼트렸다. 요즘말로 SNS상의 '인싸'가 된 용식이네 빵은 급식을 필요로 하는 단체에서 대량으로 주문하기도 했다. 소문을 듣고 먼 곳에서 일부러 찾아오는 사람들도 많았다. 빵집은 그야말로 문전성시였다. 용식이의 빵집은 단숨에 옛날의 민들레 빵집의 명성을 능가하며 동네의 명물이 됐다.

중국에서 온다는 황사 바람이 예년보다 일찍 시작됐다. 해가 높이 뜬 한낮인데도 시야는 온통 뿌옇게 흐렸다. 일기 예보에서는 호흡기가 약한 사람에게 마스크를 준비하라고 했다. 세차와 빨래 또한 다음으로 미루는 게 좋겠다는 당부도 잊지 않았다. 그래서인지 거북사우나의 황 씨 아줌마가 언제나 창문밖에 널어놓는 빨래가 보이지 않았다. 그곳이 목욕탕이라는 걸 증명이라도 하듯 창문 밖 건조대에는 늘 하얀 빨래가 펄럭였다. 하지만 그것이 보이지 않자 차가 달리는 큰길 도로도 사람들이 붐비는 상가 건물들도 고요하고 적막하게 느껴졌다.

동네가 고요해진 것은 언제나 머리 위에서 펄럭이던 빨래 때문만은 아니었다. 늘 상가를 누비며 이것저것 참견하던 용식이댁이 보이지 않았다. 이 달 가겟세를 들고 가니 점원 하나가 용식이댁이 친정 나들이를 갔다고 했다. 시집온 지 꼭 십 년만의 일이었다. 그 동안 용식이댁은 빵집이 있는 상가 건물을 인수하고 친정 동생들을 위해 중국에 분점까지 차렸다고 했다.

점원 말이 용식이댁의 송별회 또한 꽤 거창했던 모양이었다. 용식이댁은 이제 어엿한 동네 유지였다. 하다못해 동네 야유회에도 찬조금을 넉넉히 대곤했다. 그런 그녀가 친정 나들이를 간다고 하자 너나없이 달려와 잘 다녀오라는 말을 수십 번씩 하더라고 했다. 나는 며칠 학원 문을 닫고 부산에 있는 친구 집에 다녀온 참이었다. 그저 통 입맛도 없고 기분도 그렇고 해 잠시 바람을 쐬고 왔을 뿐인데 그런 말을 들으니 송별회에 끼지 못한 게 은근히 걱정이 됐다. 안 그래도 내 학원 자리를 탐내는 사람이 많다는 소문이었다. 그런데 나는 시세보다 싼 월세를 내고 있었다. 여러 사람들의 배웅을 받는 용식이댁은 조금 피곤해 보였다고 했다. 그건 그녀가 오픈 7주년 사은 행사를 막 마친 다음이었기 때문이었다.

용식이 빵집의 7주년 행사는 대대적으로 치러졌다. 손님들은 사은품으로 식빵과 케이크, 쨈, 설탕 등을 받아갔다. 추첨을 통해 김치냉장고, 세탁기, 전자레인지 등도 돌아갔다. 10주년도 아니고 7주년 행사치고는 과한 듯 보였다. 하지만 사은품과 경품들은 여러 사람에게 골고루 돌아갔다. 받은 사람이건 그렇지 못한 사람이건, 저마다 진심으로 축하하는 듯 보였다.

빵집 앞엔 아직도 '7주년 기념 사은행사'라는 플래카드가 걸려 있었다. 하지만 한쪽 귀퉁이가 떨어져 바람이 불 때마다 위태롭게 흔들렸다. 빵집에 들어가기도 전에 용식이댁의 빈자리가 느껴졌다. 하긴 그녀는 지난 십 년 동안 단 한 번도 용식이 곁을 떠난 적이 없었다. 그러니 그녀의 빈자리가 크게 느껴지는 건 당연했다.

나는 문득 그녀를 처음 봤을 때의 서글펐던 마음이 떠올랐다. 용식이가 언젠가 버림받을 것만 같았던 불안감. 그런 생각은 나뿐이 아니었다. 하지만 모든 이들의 예상은 보란 듯 빗나갔다. 용식이댁은 마치 사람들을 비웃기라도 하듯 용식이를 훌륭한 제빵사로 만들어 놨다. 뿐만 아니라 이제 용식이는 근방에서 가장 큰 상가 건물의 주인이었다.

민들레 빵집에 이어 상가 건물까지 용식이의 것이 되자 우리 동네는 다시 한 번 발칵 뒤집혔다. 우선 엄마부터가 당장 내게 다른 학원 자리를 알아보라고 했다. 엄마도 물론 내가 유명한 피아니스트가 되리라 기대한 건 아니었다. 그래도 용식이에게 다달이 월세를 내야 하는 처지가 되다니. 형편에 맞지 않는 공부를 힘들게 시킨 대가 치고는 정말이지 실망스러운 일이었다. 하지만 엄마가 단골들 때문에 동네를 뜨지 못하듯 나 또한 어렵게 모은 원생들을 버리고 다른 곳으로 갈 만한 여유가 없었다. 그건 엄마도 모르지 않았다.

"진작 시집이나 가지. 아이고 저 웬수!"

이제 하도 들어 이골이 났지만 그래도 가끔은 뼈에 사무치도록 아픈 말이었다. 물론 내가 처음부터 독신을 고집한 건 아니었다. 그저 몇 번의 만남이 실패로 돌아갔고 어느 순간 결혼이라는 걸 꼭 해야 할까 하는 생각에 굳이 노력을 하지 않았을 뿐이었다. 그러고 보면 피아노를 친 건 다행이었다. 어느 정도의 경제력과 나름대로의 품위도 유지할 수 있었으니 말이다. 하지만 나도 용식이한테 다달이 월세를 내는 삶은 생각지 못했다. 그때 처음으로 피아노를 한 걸 후회하는 마음이 들기도 했다.

용식이가 어떻게 말했는지 용식이댁은 나에게만은 까다로운 주인 행세를 하지 않았다. 몇 년 전 자진해 가겟세를 깎아준 것도 그녀였다. 계속되는 경제 침체로 학원 운영은 나날이 힘에 겨웠다. 용식이댁이 가겟세라도 내려주지 않았다면 정말 학원 문을 닫고 엄마 식당에서 서빙이라도 해야 할 판이었다.

"진작 용식이한테 시집이라도 가지."

아빠는 이제 그런 말로 내 염장을 지르곤 했다. 정말 가끔은 그런 생각을 안 해본 것도 아니었다. 아직도 용식이는 나만 보면 지나치게 반가워했고 그러면 용식이댁은 왠지 새침해졌으니까.

며칠 동안 유례없는 심한 황사가 계속됐다. 초등학교는 임시 휴교에 들어갔고 비행기의 이착륙도 금지됐다. 용식이댁 또한 예정일에 돌아오지 못했다. 짙은 황사는 중국도 마찬가지였다. 외신에서는 베이징이 며칠째 낮에도 짙은 어둠 속에 싸여 있다고 했다.

엄마의 생일 케이크를 사러 들어간 용식이의 빵집은 여느 때와 다르지 않았다. 주방 안쪽에서 유리문을 통해 나를 본 용식이는 손을 뻗어 반갑게 흔들었다. 마스크를 했지만 찢어지게 웃는 입이 보이는 듯했다.

"주인아줌마가 안 계시니까 손님들이 준 것 같아요."

몇 년째 용식이의 가게에서 일을 해온 정미 씨는 용식이의 오래된 친구라며 나를 보면 늘 깍듯하고 친근하게 대했다.

용식이댁이 없는 가게는 확실히 좀 달랐다. 여전히 빵은 가득한데 어딘가 휑하고 썰렁했다. 나는 딸기가 먹음직스럽게 장식된 생크림케이크를 골랐다. 정미 씨는 용식이댁이 하던 대로 종이봉투에 샴페인을 넣어 주며 서비스라고 했다. 케이크에 샴페인을 덤으로 주는 건 크리스마스나 특별한 행사 때의 일이지만 내가 케이크를 살 때면 언제나 샴페인을 덤으로 줬다.

문을 열고 들어서자 회의라도 있는지 엄마 식당에는 동네 사람들이 모두 모여 있었다.

"드디어 사달이 난 게 분명하지?"

슈퍼집 오 씨 아저씨가 말했다.

"때아니게 털 코트를 가져가기에 알아봤지."

김밥집 박 씨 아줌마였다.

"귀걸이며 목걸이며 평소에 안 하던 패물들을 몽땅 온몸에 휘감았더라구."

미장원 영진 엄마도 거들었다.

"딴에는 친정에 간답시고 머리를 썼겠지만 그 속내를 누가 모르겠어."

"상가 건물도 용식이 명의가 아니라며?"

"어떻게 구워삶았는지 부동산 최 씨가 쉬쉬하지만 틀림없어."

"그럼 상가를 살 때부터 계획적이었네."

"아무래도 그런 것 같아."

모인 어른들은 저마다 한마디씩 보태는 걸 잊지 않았다. 강산도 변한다는 십 년이 지났음에도 용식이댁을 보는 눈은 변하지 않은 모양이었다. 바뀌지 않은 건 그뿐이 아니었다.

"이리 오셔서 케이크 좀 드셔 보세요."

나는 엄마의 생일 케이크를 동네 어른들과 나눠 먹을 생각이었다. 하지만 케이크 상자를 보는 눈들이 갑자기 싸늘해졌다. 순간 아차 싶었다. 우리 동네 어른들은 절대 용식이의 빵은 먹지 않았다.

어색해진 분위기를 피하려 켠 텔레비전에선 황사로 베이징뿐 아니라 톈진과 광저우까지 공항 통제가 중국 전반으로 확대되었다는 속보가 흘렀다.

"그 바보 같은 놈이 사장이랍시고 거들먹거리더니……."

속보에 이어 누군가 하는 혼잣말이 들렸고, 가게 안의 어른들은
저마다 알 수 없는 눈빛을 주고받으며 웃음을 흘렸다.

소유의 세계

김영임(문학평론가)

"아무도 그에게 '앞으로 뭐 할래'라고 묻지 않는다."

우리는 자신이 늙었다는 것을 언제 느끼게 될까? 장 아메리의 『늙어감에 대하여』[*]를 인용해 보면 "아무도 그에게 '앞으로 뭐 할래'라고 묻지 않는" 어느 순간이 바로 그때라고 한다. "모든 인간의 인생에는 자신의 현재 상태가 어떤 것인지 발견하게 해주는 일종

---

[*] 장 아메리, 김희상 옮김, 『늙어감에 대하여』, 돌베개, 2014.

의 점과 같은 시간이 있"는데, 그 시간을 기점으로 개인의 미래는 변화할 가능성을 품기보다 정해진 "미래의 신용"을 기초로 사회가 계산해서 들이미는 "잔고-자아"에 옭매이게 된다. 장 아메리의 이런 개념들은 늙음에 대한 사회적 선고를 설명하기 위해 동원되었지만, 사회가 개인의 자유의지에 반해 일방적으로 실존을 규정하는 일들은 더 광범위하게 발생한다.

"미래의 신용"은 이때까지 자신이 "시도하고 포기한 일들의 총량"인 "인생"의 내용에 의해 결정되는데, 여기에 '소유'가 결정적인 역할을 한다. 어떤 사람이 누구이며, 무엇을 생각하는지는 그가 무얼 가졌느냐에 따라 정해진다. 소유가 있는 인간이어야 (그것의 장단점의 유무에 상관없이) 사회적 연령을 규정받고 인간의 실존을 인정받는다. 따라서 소유의 사회 안에서 인간은 변화와 성장의 존재이기보다 타인의 시선 안에서 실존이 규정되는 순응의 자리에 얽매인다. 장 아메리는 소유의 개념을 설명하면서 상당 부분 경제수단 혹은 시장 가치로 보상받는 능력을 예시로 들고 있지만, 꼭 거기에 한정될 필요는 없다. 타인의 시선이 우리에게 요구하는 어떤 것이 소유의 내용이라면 그 요구로 인해 개인의 자율성을 무력하게 만드는 공간이 바로 소유의 사회다.

백지영의 『고양이를 돌보는 시간』은 사회가 요구하는 소유의 정량에 미달하는 인물들의 이야기다. 장 아메리의 소유가 반드시 시장 가치에 국한되지 않는 것처럼 백지영의 인물들은 자본과 개인의 문제부터 다수와 소수 사이에 발생하는 불균형의 틈새에서 체념과 저항 사이를 오간다. 그들은 "성실하고 따뜻한 부모님"이 일군 "자랑스러운 가족"이었지만 결혼이라는 사회 제도 앞에 "형편없는 집안"(「고양이를 돌보는 시간」)이 되어 좌절하기도 하고, 사회의 기준치를 충족시키지 못하는 노인의 정체성을 거부하면서 자기기만을 통해 현실에서 도피하는 "문 여사"(「언니를 위하여」)이기도 하다. 그밖에도 장애(「바람 부는 날」), 외국인(「온달이 빵」)과 같은 소외의 범주에 거주하는 존재들을 살피고 있는 이 소설은 누구에게나 다가올 "점과 같은 시간" 앞에서 개인이 어떻게 타협하고 또 상처받는지를 섬세하게 보여 주고 있다.

"젊음의 묘약"

세상이 정해준 사회적 연령에 가장 무기력한 존재는 노인이다. 소유의 내용에 따라 개별 인간들의 존재가 다르게 규정된다고 한들, 거기에 노령이라는 육체적 변화가 추가되면 그 다름마저도 하나의 점으로 수렴한다. "결국 우리에게는 무엇인가로 변화할 길이 막혔다. 미래는 이미 끝났다." "우리는 그 어떤 저항도, 불평도 없이 품위 있게 늙기를 요구받는다."* 노년에 이른 존재에게 이와 같은 "사회적 해체"라는 현실이 눈앞에 펼쳐지면 어떤 대응이 가능할까?

「언니를 위하여」의 문 여사는 바로 그런 '순간'에 놓인 연령의 인물이다. 연하남과 사랑의 도피를 떠난 엄마에게 버려진 '나'는 육촌 정도의 친척인 문 여사에게 맡겨진다. 평생 아이 없이 살아온 문 여사는 '나'를 보는 순간 칠순이 가까운 나이임에도 '나', 희연의 엄마가 되기로 결심한다. "살던 동네에선 아는 사람이 많아 엄마 노릇을 제대로 할 수 없다"고 생각한 그녀는 40년 넘게 살았던 집을 팔고 이사를 하기도 하고 "핑크빛으로 방을 꾸며 주고 예쁜 속옷도 사" 주는 등 '나'의 엄마가 되기 위해 최선을 다한다. 하지만 세상이 쉽게 문 여사와 희연의 모녀 관계를 상상하기에는 두 사람 사이의 연령 차가 너무 크다. 문 여사는 자신의 노력으로 그것을 극복할 수 있을 것으로 믿고, 희연의 엄마가 되기 위해 자신의 외모에 더욱 공을 들인다. 평소에도 동안의 미모를 자랑하던 그녀는 화장품 외판원 일을 얻게 되고, 나이에 비해 훨씬 젊어 보이는 외모를 이용해 사람들로부터 화장품에 대한 신뢰를 얻게 된다. 하지만 화장품 회사의 부도로 판매에 어려움을 겪게 된 그녀는 젊은

---

* 장 아메리, 앞의 책, 128쪽.

고객들에게서 떠나간 신뢰를 회복하기 위해 에어로빅 학원을 등록하지만 결국 무리한 운동으로 병을 얻기도 한다. 결국 그녀는 젊은 사람들이 모이는 부녀회 대신 노인정으로 무대를 옮겨 화장품 영업을 계속한다.

노인들은 또래의 문 여사가 훨씬 젊어 보이는 데서 화장품에 무한한 신뢰를 보였다. 마치 그것을 젊음의 묘약으로 여기는 것 같았다. 나갈 땐 화장품이 가득 담겨 있던 가방이 돌아올 땐 늘 텅 비어 있었다. 한번 입소문이 퍼지자 다른 노인정에서도 문 여사를 불러 갔다.

희연의 엄마라고 하기에는 문 여사가 너무 늙었다고 여기는 타인의 시선을 극복하기 위해 그녀가 선택한 방법은 장 아메리가 말하는 두 가지 "자기 기만" 중의 하나를 연상시킨다. 사회는 노인에게서 미래의 가능성을 앗아가면서도 동시에 "불변의 존재라는 정장을 강제로 노인에게 입히며 노년을 소비하라고 요구한다."* "저 옛날 젊음을 소비한 바로 그대로" 노인들을 경제활동으로 내몰면서 "젊게 남으려 안간힘을 쓰"**는 노인을 만들어 낸다. 이 자기 기

* 장 아메리, 앞의 책, 128쪽.
** 장 아메리, 같은 책, 129쪽.

만은 표면적으로는 세상이 부여한 사회적 연령에 저항하는 것처럼 보이지만, 화려하게 꾸며 젊게 보이려는 노인을 사회가 이전과 같이 받아주지 않으며 그들의 소비를 경제적으로 이용할 뿐이라는 점에서 사회의 이데올로기에 철저하게 순응하는 행위가 될 뿐이다. 넉넉지 않은 형편에도 "돈 많은 영감님들의 구애"를 불쾌하게 여길 정도로 문 여사에게 돈은 중요하지 않다. 화장품이 팔리지 않아서 풀이 죽는 것은 제품 판매로 생기는 수익이 줄어들기 때문이 아니라, 자신이 여전히 여성의 아름다움을 지니고 있다는 믿음이 좌절되기 때문이다. 문 여사에게서 화장품을 구매하는 노인들 또한 또래보다 젊어 보이는 그녀의 외모를 선망하고 자신의 노화를 경제적 소비를 통해 부정하려는 시도를 하면서 문 여사와 그녀의 늙은 고객들은 자기 기만의 순환 고리에 빠져 있다.

'희연의 엄마'라는 역할이 문 여사의 젊음을 향한 욕망의 방아쇠가 되었다면 노인들을 대상으로 건강 제품을 판매하는 젊은 남자의 '여자'가 되고 싶다는 바람은 문 여사의 욕망에 기름을 붓는다. 조금이라도 젊어 보이고 싶어 얼굴 팩을 하고 몸단장을 하는 문 여사는 그를 위해 건강 제품들을 사들이고 남자의 방값을 보태는 생활을 이어나가다 결국 2억의 빚을 지고 희연만 남기고 사라져 버린다.

이처럼 "젊게 남으려 환장한 늙은이"가 하나의 자기 기만이라면

"전원의 노인", 즉 "시간을 부정하고 시인처럼 영원만을 노래"하면서 "멀리 떨어져 보이는 세상은 자신과 아무 상관이 없다고 말"*하는 존재 역시 또 하나의 자기 기만이다. '전원의 노인'은 노년의 평화를 허락해 주고 그의 과거와 현재를 인정해 주는 사회에 만족하고 있겠지만, 이는 "사회가 그에게 더는 기대하는 게 없기 때문"이라는 점에서 두 노인은 크게 다르지 않다. 결국 노인은 이런 모순에 끊임없이 직면하게 된다. "노인은 아무것도 아니"며 "아무것도 아님을 인정할 때에만 누군가"**라는 아이러니를 수용하지 못한 문 여사가 아쉽다기보다는 우리 사회가 아직 제대로 보지 못하고 있는 노년의 시간을, 그것도 여성 노인의 욕망을 전달하고 있다는 점에서 그녀는 문제적 인물이다.

크레인에 오른 아버지들

소유가 존재를 규정하고, 사회가 그를 바탕으로 개인의 미래를 잔고-자아로 한정 짓는다고 할 때 노년을 가장 무기력하다고 앞서 언급했지만, 노년들에게 잔고-자아는 부정적 의미에서 평등할 가

---

* 장 아메리, 앞의 책, 130쪽.
** 장 아메리, 같은 책, 131쪽.

능성이 높다. 육체적 노화가 인생의 내용이 만들어 낸 차이를 희석시키면서 사회는 개인을 노년이라는 균등한 정체성으로 파악하게 된다. 그런데 노년에 이르지 않은 개인들에게 잔고-자아가 일찍 결정된다는 것은 노년의 문제와 다른 차원에서 특정 사회의 불평등 정도와 밀접하게 관련되어 있다.

전통적 의미에서 소유는 쉽사리 경제 가치와 연결된다. 「고양이를 돌보는 시간」과 「그 봄날의 당신」의 경우는 자본과 개인만이 남은 이 시대에 소유가 규정 지은 인간의 실존적 가치가 얼마나 쉽게 무너지는지를 보여 주는 작품이다. 이 소설집의 표제작이기도 한 「고양이를 돌보는 시간」은 오빠의 결혼 상대였던 여자의 부모로부터 집안이 마음에 들지 않는다는 이유로 혼사가 무산된 후 몰락해가는 한 가정의 이야기를 다루고 있다.

표백제를 들이부은 듯 머릿속이 온통 하얬다. 갑자기 우리들 모두 형편없는 집안의 일원이 된 것 같았다. 아빠가 자동차 부품 공장에 다니는 것도 마음에 들지 않는다고 했다. 엄마가 그 나이까지 일을 다니는 것도 오빠가 철학과를 나온 것도 내가 전문대를 나온 것도 모두 마음에 안 든다고 했다. 집안이 마음에 안 든다는 말은 한동안 메아리가 돼 동굴 속처럼 집안을 울렸다. 성실하고 따뜻한 부모님에 당당히 공기업에 취직을 한 오빠, 공부 못하는 내가 옥에 티이긴 하지만 그래도 내겐 더없이 자랑스러운 가족이고 집안이었다.
그런데 누군가에겐 그렇게 형편없는 집안일 수도 있는 모양이었다.

공부만 신경 쓰던 대학생 오빠에게 여자가 생긴 것을 알고 가족
모두가 기뻐했지만, 여자의 부친이 지방 건설회사의 사장이라는
말에 가족들은 겉으로 아무 내색도 하지 않지만, 불안감을 감출 수
없다. 불안 속에 감춰진 우려가 현실로 드러나면서 이 가족은 붕괴
직전으로 치닫는다. 오빠의 여자친구인 서윤주의 부모가 자신들을
"형편없는 집안"이라고 평가하기 전까지는 성실한 회사원인 아빠
와 맞벌이를 하는 엄마의 보호 아래 야무진 오빠와 발랄한 '나'는
따뜻하고 화목한 가정의 남매였다. 하지만, 서윤주의 부모로 상징
되는 타인의 시선은 경제 가치에 기반해 이 가족의 존재를 규정해
버렸다. "소유는 개인에게 자유의지, 매 순간 인생을 원점에서 다
시 새롭게 시작할 가능성"*을 앗아간다. 소유의 이정표에 맞춰진
개인의 실존이 사회의 시선에 반해 자신의 능동적 의지로 인생을
꾸려 볼 자유를 누리기란 쉽지 않다.

시골로 내려간 아빠는 이웃집 과부와 살림을 차린 지 오래고 엄

---

* 장 아메리, 앞의 책, 109쪽.

마는 춤바람이 나 외박을 밥 먹듯 하기 일쑤다. 어디 그뿐인가. 하나뿐인 오빠는 취업 준비를 한다는 명목으로 고시원에 틀어박혀 코빼기도 비치지 않았다.

"별 볼 일 없는 집안"을 위해서는 더 이상 고단한 가장의 짐을 짊어질 이유도 없으며, 애쓸 필요도 없다는 듯이 아빠와 엄마는 자신들의 역할을 내려놓는다. 백지영은 이 가족의 몰락이 단순한 개인의 실망감에서 온 일탈이 아니라 사회 구조적인 점을 분명히 하고 있다. 오빠가 퇴사 통보를 받은 일 년 후 "오빠가 다녔던 공기업의 채용 비리"가 세상에 드러난다. "정직원은 이미 예정돼 있었고 나머지는 들러리에 불과"한 것처럼 "아무리 노력을 해도 뚫을 수 없는 난공불락을 형성"(「고양이를 돌보는 시간」)하고 있는 사회 안에서 개인은 자신의 운명을 선택할 자유를 갖기 힘들며 사회의 빈자리를 지킬 뿐이다.

「그 봄날의 당신」은 경제적 성공을 위해 서울로 올라왔지만 원하는 바를 이루지 못하면서 가족의 결합이 와해되고 서울의 소외된 지역에서 평생을 살아가는 한 남자의 이야기를 다루고 있다. 미장이가 직업인 남자는 보다 넉넉한 삶을 위해 가족을 데리고 고향에서 서울로 올라왔다. 하지만 형편이 나아지지 않는 현실 앞에 아내는 춤바람이 나서 도망을 가고, 남자는 홀로 아들을 키운다. 이들이 사는 달동네의 건너편에는 지저분한 외벽 때문에 "거지아파트"라고 불리지만, 서울에서 가장 비싼 고급 아파트가 서 있다. 아들이 달동네와 거지아파트 간의 경제적 격차와 자신의 빈궁한 처지를 깨달아갈 무렵 아버지는 거지아파트에 사는 친구가 가진 고급 학용품들을 무리해 가며 아들에게 사준다. 남자의 행동은 비록 그들이 거지아파트의 주민이 될 수는 없지만, 그래도 지금의 경제적 간극은 나중에라도 극복되지 않을까라는 막연한 믿음을 나타내는 것인지도 모른다. 그러다 "'서울에서 가장 살기 좋은 곳, 당신이 꿈에 그리던 바로 그 집!'"이라는 현수막 카피와 함께 거지아파트가 재개발에 들어간다는 소식에 아버지는 온갖 민원을 넣다가 마지막에는 크레인에 올라가 농성을 벌인다.

이전에도 자신들이 거주할 수 없을 정도의 고급 아파트였지만, 지저분한 외벽 탓에 날림으로 지은 아파트라고 수십 년 동안 흉을 볼 수 있었던 거지아파트는 남자에게 일종의 계급적 메타포였을 것이다. 절차를 무시하고도 빨리빨리 날림으로 이뤄낸 결과물이 사회에서 높은 경제적 가치로 평가받고 있지만, 꼼꼼함으로 다져진 자신의 성실함이 가진 또 다른 가치를 믿기에 가끔은 절망적이기도 했던 과거의 현실은 견딜 만했다. 하지만 외국의 전문가까지 참여하는 거지아파트의 재개발로 탄생할 새로운 주거 공간은 달랐다. 새롭게 지어질 건물에 남자는 자신의 자부심이었던 미장술에 대한 철학을 가지고 참여할 수도 없다. 폭파 공법에 의해 먼지가 되어 사라져 버린 거지아파트는 남자의 손이 도저히 닿을 수 없는, 선망과 증오가 뒤섞인 자본의 계급인 동시에 세상을 향한 남자의 분노를 받아 내던 자리였다. 거지아파트는 먼지 뒤로 사라지는 것이 아니라 그간의 선망과 증오조차 닿을 수 없는 더 거대한 자본으로 다시 태어날 것이지만, 남자는 더 이상 자신의 실존을 확인할 수 있는 자리를 잃게 되면서 거지아파트와 함께 무너지고 만다.

바보 같은 놈들

위의 두 작품이 '집안'이라는 단어로 상징되는 경제적 소유의 문제를 다루고 있다면 「바람 부는 날」과 「온달이 빵」은 더 근원적인 차원의 소유와 그것으로 발생하는 소외를 다루고 있다. 「바람 부는 날」은 주인공의 집에 세를 사는, 치매에 걸린 수분 엄마를 둘러싼 여러 사건들을 통해 전개된다. 수분 엄마는 동네에서 일어나는 불미스러운 일들의 목격자가 된다. 뒷집 남자와 앞집 여자의 수상한 사이, 옆집 중학생의 절도, 가겟집 남자가 혜림이라는 지적 장애아를 성추행한 일 등을 수분 엄마는 직접 봤다며 동네 사람들에게 알린다. 이런 일들이 정말 일어났는지는 알 수 없다. 동네 사

람들은 아이러니하게도 실제 그 일들이 발생했는지를 밝히는 것이
아니라 수분 엄마가 얼마나 정신이 나갔는지를 증명하는 방법을
통해 이러한 일들의 진위를 밝히려고 한다. 아들들을 판사와 외교
관으로 키우고, 딸 역시 대단한 집안과 혼사를 준비하고 있는 것이
큰 자랑인 엄마는 집안이 잘 되는 것이 다 집터가 좋아서라고 생각
한다. 따라서 이런 '복터'에 세를 살고 있는 수분 엄마가 정신 나간
사람이 되는 불행한 일을 겪는 것은 그녀에게 용납하지 못할 일이
다. 수분 엄마의 불행에 누구보다 상처를 입은 것 같은 그녀는 "아
줌마가 치매라도 걸려서 아무것도 모르니까 다행"이며 "먹을 것만
주면 만사가 오케이니 그런 호사가 또 어디 있겠"냐며 그것이 다
자신의 집에 세를 살아서 그나마 이런 복도 받는다는 전략으로 선
회하면서 여전한 복터의 유효성을 주장한다. 그러다 엄마가 더욱
적극적으로 수분 엄마가 정신이 나갔다는 것을 강조하게 된 것은
다음의 일이 있고부터다.

"텔레비전에 그 애가 나왔다니까. 그 애 말이야!"
엄마는 웃음을 잃지 않으며 다시 그녀 쪽을 바라봤다. 하지만 다
시 사과를 깎는 데 열심이었다.
"아, 영아 동생!"
엄마 손에서 실타래처럼 부드럽게 풀어지던 사과 껍질이 툭 끊

겨 쟁반 위에 떨어졌다. 순간 집 안은 마치 육중하고도 커다란 무언가가 덮친 듯한 정적에 휩싸였다. 너무 갑자기 밀어닥친 고요로 일순간 세상은 마비된 것 같았다. 하지만 알 수 있었다. 그 순간 엄마의 눈동자가 아주 빠르게 내 쪽을 향했었다는 걸.

수분 엄마가 말하는 텔레비전은 어려서 미아가 됐거나 집안 사정으로 버려진 사람들이 세월이 흘러 가족을 찾는 프로그램이었다. 수분 엄마와 엄마의 대화가 마음에 걸렸던 '나'는 그날 방송분에서 자신보다 나이가 어린 출연자를 찾아보다 휠체어를 탄 한 장애인을 발견한다. 수분 엄마의 말은 장애를 가지고 태어난 주인공의 동생을 엄마가 어느 복지 시설에 버렸을 수 있다는 걸 상상하게 한다. 이 역시 소설 안에서 사실 여부를 확인할 수는 없다. 하지만 그날 이후 "사람들의 원성에도 불구하고 그녀를 두둔하던 엄마도 이젠 그녀의 악화된 치매 증상을 들춰내느라 혈안이 된 사람처럼 보였다."

동네의 여러 사건들에 관한 수분 엄마의 말이 사실인지 주인공 영아에게 진짜 동생이 있었는지를 밝히는 것이 이 작품에 대한 독법은 아닐 것이다. 이 작품은 장애의 소유 또는 정상(?)적인 몸과 정신의 '비소유' 상태인 개인에 대해 우리 사회가 얼마나 선제적으로 그들의 가능성과 의지를 차단하는지를 돌아보게 한다. 수분 엄마가 치매라는 것을 대다수 타자들이 규정하는 순간 그녀의 입에서 나오는 모든 문장들은 사실이 아니게 된다. 정말 있을지도 모르는 영아의 여동생은 장애를 가졌다는 사실만으로 그 아이가 무엇을 소유했는지를 확인받을 기회마저 박탈당한 채 가족들에게 버림받은 것이 된다. 노년의 경우는 사회적 연령을 선고받는 '점의 순간' 이전에는 자신의 의지로 변화의 가능성을 지닌 미래를 꿈꿀 수 있는 시간이 주어진다. 비록 그 시간이 자신이 지닌 경제적 가치에 의해 불균등하게 주어질 수는 있겠지만, 장애의 경우는 아예 장애를 가진 순간부터 개인의 미래가 품는 가능성이 곤두박질친다는 점에서 더욱 비정하다. 많은 경우 소유의 내용은 표면적으로 확인되기가 쉽지 않지만, 장애의 소유는 너무나 쉽게 드러나고, 이를 향한 타인의 시선은 별다른 고민이나 이견 없이 개인의 존재를 폐쇄된 울타리에 가둔다.

「온달이 빵」은 장애와 함께 외국인에 대한 사회적 시선과 편견의 문제가 가중된다. 주인공의 동네에는 동네 바보로 불릴 만한, 지능이 떨어지는 용식이라는 남자가 있다. 성장한 용식이가 중국인 신부와 결혼을 한다는 소문은 동네 사람들의 호기심과 비아냥거리가 된다.

동네 사람들은 그와 결혼을 하겠다고 나선 여자가 멀쩡한 사람이 아닐 것이라는 추측부터 시작해 이 결혼이 용식의 재산을 노린 것이라는 결론에 다다른다. 아들을 결혼시키고 나서 용식이 엄마가 폐암으로 사망했을 때 시어머니의 장례식에서 서럽게 울었던 용식이댁의 모습마저도 동네 사람들에게는 가식적으로 비친다. 또한 학교라고는 다녀 본 적 없는 용식이가 그의 아내와 함께 제빵 기술을 익혀 빵집을 열고 맛있는 못난이빵을 만들어 판매했지만, 사람들에게는 "이걸 용식이가 개발했다는 사실이 먹으면서도 믿기지 않았다." 사람들은 용식이댁이 용식을 제빵사로 만든 것 자체도 그녀의 수상한 계획 중 일부라고 의심하면서, 그곳의 빵을 먹지 않는다. 그러다 우연한 기회에 용식 내외가 여러 복지 시설에 빵을 제공한 선행이 알려지면서 한 프로그램이 용식이네 빵집을 취재하러 오게 된다.

방송은 정말 감동적이었다. 특히 용식이의 사진을 보고 운명을 느껴 중국에서 왔다는 용식이댁의 이야기는 한 편의 영화 같았다.

방송이 나간 후 용식이의 빵집은 대박을 터뜨리고, 빵 가게는 7주년을 맞이하면서 그새 용식이는 상가의 건물주가 된다. 용식이댁은 동네 야유회에도 찬조금을 넉넉히 대는 어엿한 동네 유지가 되었다. 그리고 결혼 후 10년 만에 용식이댁은 용식을 두고 중국으로 친정 나들이를 가게 된다.

242

"드디어 사달이 난 게 분명하지?"

슈퍼집 오 씨 아저씨가 말했다.

"때아니게 털 코트를 가져가기에 알아봤지"

"그 바보 같은 놈이 사장이랍시고 거들먹거리더니……."

　기상 조건의 악화로 예정된 날짜에 한국으로 돌아올 수 없게 된 용식이댁을 두고 동네 사람들은 다시 수군거리기 시작한다. 동네 사람들에게 용식과 용식의 아내는 한결같이 모자라는 사람과 그를 이용하려 국제결혼을 한 외국인 여성이다. 그들이 제빵을 공부하고, 힘든 사람들을 돕는 선행을 하고, SNS의 인싸가 되고, 동네 유지가 되더라도, 동네 사람들의 시선 안에서 그 내외의 실존은 하등 변화가 없다. 정신 지체가 있는 용식은 아무리 상가의 건물주가 되고 빵집을 성공적으로 꾸려나가고 있어도 그저 "그 바보 같은 놈"인 것이고, 황사로 인해 "공항 통제가 중국 전반으로 확대되었다는 속보"에도 불구하고 예정일에 돌아오지 못하는 용식이댁은 자신의 목적을 이루고 고향으로 내뺀 나쁜 외국인 아내다. 두 내외의 미래는 그들이 아무리 자신들의 잠재력을 증명해 보여도 지적 장애와 외국인이라는 부정적으로 평가되는 소유의 내용에 의해 규정되어 버리면서 변화와 성장의 존재가 되지 못한다. 지적 장애와 외국인 배우자가 누리기에 적합하다고 생각되는 현실 이상의 성취나 이득을 다른 사회 구성원들은 쉽사리 인정하기 힘들다. 그래서 "우리 동네 어른들은 절대 용식이의 빵은 먹지 않"는 것이다.

본인은 여전히 잠재력을 가지고 있으며 그로 인해 변화된 미래가 가능할 것이라고 믿지만, 사회라고 통칭할 수 있는 타인의 시선이 그런 가능성을 지워 버리는 순간이 있다. 타인의 시선이 만들어 낸 제한된 미래의 자아 대신, 그것을 거부하고 독자적 판단을 통해 앞으로 나아갈 수도 있다. 하지만 타인의 눈에 비친 모습을 자신의 것으로 새겨 버리면서, 사회가 제시하는 잔고-자아를 그대로 수용하는 경우가 대부분이다. 특히 노인, 경제적 약자, 장애인 그리고 외국인과 같은 소외 계층에 쏟아지는 사회적 시선 아래에서 개인이 사회에 의해서 강제된 자아를 거부하기란 쉽지 않은 것이 지금의 사회다.

장 아메리의 '노인'은 타인이 자신을 바라보는 시선 안에 녹아 있는 부정이 다름 아닌 자기 문제임을 알아차린다. 그리고 그에 저항하려 몸을 일으키지만, 이 시도가 실행할 수 없는 일임을 알고 있다. 하지만 그것이 그에게 남아 있는 유일한 기회이며 가능성인 것도 알고 있다.

백지영의 문장들 역시 존재의 벽을 부수고 선택할 수 있는 특별한 방법을 말하고 있는 것은 아니다. 그녀는 평범한 문장들과 익숙

한 서사를 택하면서도 우리가 잘 보지 못하는 소유와 그에 연결된 차별과 소외의 문제를 문장 안에 섬세하게 심어 놓고 있다. 그녀의 인물들은 타인의 시선 안에서 규정된 수동적 자아의 주인이기도 하고, 역으로 자신의 편견 아래 타인의 가능성을 인정하려 들지 않는 사회적 시선의 무리이기도 하다. 백지영의 인물들 안에서 우리 모두의 모습을 만나게 하는 것. 그것이 백지영의 소설이 만들어 내는 윤리의 자리다.

작가의 말

『고양이를 돌보는 시간』은 첫 작품집을 낸 후 발표한 단편들을 모은 두 번째 작품집이다. 물론 중간에 두 권의 장편을 출간했지만 그게 벌써 십 년 전이니 이 책이 나오기까지 십 년의 세월이 걸린 것이다. 세상에 십 년이라니!

첫 작품집을 낸 후 아쉬운 마음에 생각했었다. 지금은 부족해도 십 년쯤 후엔 글을 쓰는 것이 좀 쉬워지고 좋은 작품을 쓸 수 있지 않을까. 텔레비전에 나온 꽈배기 사장님도, 맛집 주방장 아줌마도 퇴직이나 실직 후 십 년의 수련 끝에 생활의 달인이 됐다고 했으니까. 나도 십 년쯤 열심히 글을 쓰면 달인은 아니라도 보다 더 좋은 소설을 쓰는 작가가 돼 있겠지.

나는 그렇게 좋은 작가가 되겠다는 야무진 꿈을 안고 언제나 손에 기도를 하고 글을 쓰곤 했다. 손에 기도라니. 누군가는 손바닥에 '王'자를 쓰면 몰라도 그게 무슨 짓이냐고 비웃을지 모르겠다. 내가 손에 기도를 하기 시작한 건 오래전 본 드라마의 한 장면 때문이었다. 어느 날 극중 노(老) 화가로 분한 최불암 아저씨가 붓을 손에 쥐고 이렇게 말했다.

"나는 그림을 그릴 때 머릿속의 생각을 손이 온전히 캔버스에 옮길 수 있도록 손에 기도를 하고 그림을 그린다네."

텔레비전을 보던 나는 곧 감동의 도가니에 풍덩 빠지고 말았다. 그동안 왜 글을 쓰기가 어려웠는지 깨달았기 때문이었다. 문제는 바로 손이었던 것이다. 내가 머릿속에 생각하고 상상한 이야기를 그대로 글로 옮겨 적을 수만 있다면 노벨상도 탈 수 있을 것 같은데, 안타깝게도 나는 늘 손과 머리가 따로 놀아 머릿속 생각들을 손이 반의반도 글로 옮기지 못했던 것이다.

그 후 나는 책상 앞에 앉아 늘 손이 내 생각들을 온전히 옮길 수 있게 해달라는 기도를 하고 글을 쓰기 시작했다. 하지만 그래도 생각만큼 좋은 글을 쓸 수는 없었다. 그래서 어느 날인가 이왕 하는 거 귀에도 하고 눈에도 하고 발에도 해볼까 하다, 절박한 마음에 나도 모르게 귀야 도와줘 하고 속으로 외쳤던 것 같다. 아, 그런데 기도발이 단번에 통한 걸까. 갑자기 소머즈가 된 듯 안방에서 엄마가 이웃집 아주머니와 통화하는 소리가 귀를 쩌렁쩌렁 울리는 게 아닌가.(엄마가 너무 흥분한 나머지 목소리를 평소보다 열 배는 크게 냈던 것이지만.) 내용은 친하게 지내던 동네 아줌마가 소위 매장이라고 하는 곳에 다니며 쓸데없는 물건을 사재끼다가 급기야 잔뜩 빚을 진 채 이웃들의 돈을 떼어먹고 도망을 갔다는 것이었다. 물론 돈을 떼인 사람들 중엔 우리 엄마도 있었다. 떼인 돈과 함께 오랫동안 알고 지내던 사람에 대한 배신으로, 엄마는 꽤 충격을 받은 것 같았다. 하지만 나는 그런 엄마를 보며 회심의 미소를 띠었다. 순간 머릿속에 매장이라는 곳에서 돈을 펑펑 써 여왕으로 대접받는 한 여인이 떠올랐기 때문이었다. 돈을 떼여 머리를 싸매고 누운 엄마는 아랑곳없이 나는 간만에 환희에 휩싸여 컴퓨터 앞에 앉아 글을 쓰기 시작했다. 이 책에 수록된 「언니를 위하여」의 문 여사는 그렇게 엄마의 회한과 분통을 씨앗 삼아 탄생한 인물이다.

한번 그렇게 효험을 본 나는, 그 후 늘 손과 귀는 물론 눈과 발에게도 틈틈이 부탁을 하곤 했다. 그러자 평소엔 보이지 않던 것들이 보이고 들리지 않던 것들이 들리기 시작했다. 길에 넝마를 깔고 누운 노숙자, 음식물 쓰레기 주변을 맴도는 고양이의 울음, 타워크레인에 올라간 시위대의 외침. 그리고 노란 리본이 가득한 광장까지. 그제야 깨달았다. 소설은 가만히 앉아 머리가 생각한 걸 손이 옮겨 적는 것이 아닌 눈과 귀와 오감을 열어 사람들이 안 보는 곳을 보고, 듣지 않는 것을 들어 세상에 외면 받고 소외된 사람들의 삶을 의미 있게 그리는 일이라는 걸.

하지만 이런 깨달음에도 나는 여전히 부족하고 글을 쓰기가 어렵다. 십 년이 걸린 책을 눈앞에 두고도 자랑은커녕 부끄럽고 민망한 마음뿐이다. 그래도 이렇게 눈과 귀를 열고 한발 한발 나아가다 보면 언젠가 글을 쓰는 것이 조금은 쉬워지고, 보다 좋은 작품을 쓰는 때가 오지 않을까. 지금으로부터 십 년쯤 후엔 말이다. 그때의 달인을 꿈꾸며 오늘도 손과 발과 눈과 귀와 온몸에 바라본다. 나 글 좀 잘 쓰게 해주라!

책을 준비하며 한 권의 책이 세상에 나오기까지 여러 사람들의 헌신과 노력이 필요하다는 걸 다시 한 번 깨달았다. 반짝이지 않는 구슬 같은 작품을 하나하나 갈고 닦아 꿰어 번듯한 책으로 만들어 주신 알렙출판사 여러분들께 감사드린다. 그분들의 노고에 응답해 부디 많은 분들이 이 책에 관심을 가져주셨으면 좋겠다. 끝으로 코로나로 우울한 시기, 우리 가족들에게도 이 책이 조금이나마 기쁨이 되길 바란다.

2022년 봄
백지영

고양이를 돌보는 시간

1판 1쇄 발행 | 2022년 5월 25일

지은이 | 백지영
펴낸이 | 조영남
펴낸곳 | 알렙

출판등록 | 2009년 11월 19일 제313-2010-132호
주소 | 경기도 고양시 일산서구 중앙로 1455 대우시티프라자 715호
전자우편 | alephbook@naver.com
전화 | 031-913-2018
팩스 | 031-913-2019

ISBN 979-11-89333-52-2 03810